ars vivendi
Krimi

Jan Beinßen, Jahrgang 1965, lebt in Franken und hat zahlreiche Kriminalromane veröffentlicht. Bei ars vivendi erschienen neben seinen Paul-Flemming-Krimis u. a. auch der historische Kriminalroman *Görings Plan* (2014) sowie die Kurzkrimibände *Die toten Augen von Nürnberg* (2014) und *Tod auf Fränkisch* (2017).

Jan Beinßen

Kärwakiller

Paul Flemmings vierzehnter Fall

Frankenkrimi

ars vivendi

Originalausgabe

Erste Auflage Mai 2019

www.arsvivendi.com

Lektorat: Dr. Felicitas Igel
Umschlaggestaltung: FYFF, Nürnberg
Motivauswahl: ars vivendi
Coverfoto: © plainpicture / gio
Druck: CPI books GmbH, Leck
Gedruckt auf holzfreiem Werkdruckpapier
der Papierfabrik Arctic Paper

MIX
Papier aus verantwortungsvollen Quellen
FSC www.fsc.org FSC® C083411

Printed in Germany

ISBN 978-3-7472-0014-8

Kärwakiller

Es ist kein Dörflein gar so klein,
Daß nicht drin' sollt des Jahrs eine Kirmes sein.

Johann Nepomuk Vogl

1

»Weißt du noch, was du früher am liebsten gemocht hast? Was ich dir unbedingt kaufen musste, wenn wir auf die Kärwa gegangen sind?«

»Nein, Mom. Zuckerwatte? Liebesäpfel? Oder wahrscheinlich gebrannte Mandeln?«

»Falsch. Als du klein warst, bist du ganz wild auf bunte Zuckerperlen gewesen. Genauso schlecht für die Zähne wie das ganze andere süße Zeug, aber man kann einer Vierjährigen den Wunsch ja nicht abschlagen. – Möchtest du welche?«

»Welche was?«

»Zuckerperlen?«

»Das ist zwanzig Jahre her. Bestell mir lieber ne Maß!«

Katinka Blohm lächelte, als sie den Blick ihrer Tochter Hannah auffing: genauso eigensinnig, direkt wie damals, dachte sie versonnen. Nur dass Hannah inzwischen längst ihre eigenen Wege ging und nicht auf die Gunst ihrer Mutter angewiesen war. Das hinderte Hannah allerdings nicht daran, sich an diesem Tag einladen zu lassen. Denn ein Kirchweihbesuch war teuer – früher schon, und heute erst recht.

Die beiden Frauen schlenderten über den Kärwaplatz an der Satzinger Mühle, wie es an diesem sommerlich warmen Junitag auch Dutzende andere taten. Ihr Ziel war das Festzelt, wo sie sich gegen Mittag mit Paul treffen wollten.

Vor einer Stunde erst war die Mögeldorfer Kärwa eröffnet worden, mit viel lokaler Prominenz. Auf den Einzug der Kärwajugend in Lederhosen und Dirndl, die Böllerschüsse und das traditionelle Baumaufstellen folgte das, worauf die meisten sehnsüchtig gewartet hatten: der Anstich im Bierzelt, ausgeführt mit nur drei Schlägen. O'zapft is! Befeuert von den *Alpenschlawinern* stimmten die Gäste mit ein und beklatschten den Auftritt des Vorsitzenden des Bürger- und Geschichtsvereins.

»Ist schon eine der schönsten Kirchweihen in der Stadt«, fand Katinka, die sich passend zum Anlass in Schale geworfen hatte: Sie trug ein scharlachrotes Dirndl mit rot-weißer Schürze, die Bluse schneeweiß mit traditionellen Puffärmeln.

»Find ich auch«, meinte Hannah, die in Jeans und T-Shirt geschlüpft war und sich in Tracht verkleidet vorgekommen wäre. »Allein die Nähe zur Mühle mit dem alten Rad, das Wasser und das viele Grün hier. Echt idyllisch.«

»Da vergisst man glatt, dass man mitten in der Großstadt ist.«

Hannah nickte, schränkte jedoch mit Blick auf einen von Reportern umringten Politiker ein: »Auf diese Großkopferten könnte ich allerdings gut verzichten.«

»Ist das nicht der Dings?«, fragte Katinka und reckte den Hals.

»Ja, genau der. Reicht mir schon, wenn ich den dauernd im Fernsehen sehe.«

»Als ob du Fernsehen schauen würdest. Hängst doch nur noch am Handy.«

Für Hannah war das offenbar das Stichwort, denn prompt zog sie ihr Smartphone aus der Jeans und richtete es auf den Politpromi.

»Du scheinst dich ja doch für ihn zu interessieren«, merkte Katinka an.

Hannah winkte ab. »Bloß ein Foto für meine Instagram-Story. Da kommt natürlich ein blöder Spruch dazu.«

»Natürlich.«

Im Zelt war es brechend voll. Blasmusik dröhnte ihnen entgegen, Bierkrüge klirrten, und alle redeten durcheinander. Entsprechend hoch war der Lärmpegel. Die beiden versuchten sich einen Überblick zu verschaffen, doch denjenigen, nach dem sie Ausschau hielten, konnten sie nirgends entdecken: eins fünfundachtzig groß, schlank, graumeliert mit einer gewissen Ähnlichkeit zu George Clooney.

»Siehst du ihn irgendwo?«, fragte Katinka und wich einer Kellnerin aus, die acht Maßkrüge gleichzeitig stemmte.

»Nö. Bist du sicher, dass er unsere Verabredung auf dem Schirm hat?«

Katinka kniff die Augen zusammen. »Ich habe ihm extra einen Kalender auf seinem Smartphone eingerichtet, auf dem er seine eigenen und auch unsere gemeinsamen Termine sehen kann. Das Handy signalisiert sogar mit einem Erinnerungston, wann ein Termin fällig ist. Narrensicher, sollte man meinen.«

Hannah zuckte die Achseln. »Warum ist er dann nicht da?«

Katinka gab keine Antwort, sondern sah sich noch einmal um. Dabei ging sie Biertisch für Biertisch durch. Vergebens.

Hannah stupste sie an. »Was machen wir jetzt? Warten? Wir können uns inzwischen ja schon mal nen Russen gönnen.«

»Ich dachte, du wolltest ne Maß?« Katinka zog ihre Tochter aus dem Zelt. »Ich habe eine bessere Idee. Statt hier auf den werten Herrn zu warten und uns aus lauter Frust zu betrinken, holen wir uns erst mal was zu essen. Dann haben wir auch gleich eine gute Grundlage.«

»Super Idee«, meinte Hannah und deutete auf einen Imbissstand nur wenige Meter von ihnen entfernt. »Appetit auf Bratwurst?«

»Immer!«

Sie reihten sich in die Schlange ein, über die sich der würzige Duft legte, den der Holzkohlegrill verströmte. Eine korpulente Frau mühte sich, dem Ansturm gerecht zu werden. Auf ihrer Stirn glänzten Schweißperlen. Die beiden Grillmeister hinter ihr waren ebenfalls schwer beschäftigt.

»Zwei Fränkische im Weggla mit Senf«, orderte Hannah, als sie endlich drankamen.

Katinka wählte – wie so oft – Sechs auf Kraut. »Machen Sie ruhig eine Kelle mehr drauf«, bat sie. Mit einem satten Klatschen landete ein zweiter Schöpflöffel dampfenden Sauerkrauts auf dem Teller. »Und bitte Kren statt Senf.« Die Wirtin, die Hand schon überm Mostrichtopf, rollte mit den Augen, tat Katinka aber auch diesen Gefallen.

Sie fanden ein Plätzchen an einem Stehtisch, den sie sich mit einem älteren Ehepaar teilten.

»Schön rösch, die Wurst«, meinte Hannah, nachdem sie in ihr Brötchen gebissen und sich den Senf vom Mund gewischt hatte.

»Von mir aus hätten sie noch zwei, drei Minuten länger auf dem Rost bleiben dürfen«, fand Katinka, die mit ihrem Essen nicht ganz zufrieden war. Auch das Kraut wollte ihr nicht recht schmecken, kein Vergleich zu dem aromatisch samtigen Kraut, wie es Jan-Patrick im *Goldenen Ritter* zubereitete. Dort war es goldgelb und zart, dieses hingegen blass und irgendwie zäh.

»Mach nicht so ein Gesicht«, stieß Hannah sie an. »Das ist Kärwaessen und keine Gourmetkost.«

»Du hast ja recht«, antwortete Katinka und stocherte mit der Gabel in den weißen Fäden herum. »Ich sollte mich nicht so anstellen.«

»Ganz genau! Hast du zu mir früher auch immer gesagt.«

»Weil du an allem und jedem herumgemäkelt hast. An manchen Tagen habe ich gedacht, dass du irgendwann noch verhungerst, so wählerisch, wie du warst. Aber du hast das ja reichlich mit Süßigkeiten ausgeglichen. Womit wir wieder bei den Zuckerperlen wären ...«

»Wenn du nicht bald mit dem Essen anfängst, werde ich dich auch mit Zuckerperlen zwangsernähren«, meinte Hannah. Sie hatte schon die Hälfte ihres Brötchens verspeist.

»Also gut.« Katinka nahm eine Portion Sauerkraut auf die Gabel. Sie führte sie zum Mund, stoppte dann aber mitten in der Bewegung.

»Jetzt iss schon, sonst helfe ich nach!« Für einen Augenblick glaubte Hannah, ihre Mutter wollte sie foppen.

Doch Katinkas Gesichtsausdruck sprach eine andere Sprache. Ihr war nicht nach Witzen zumute, als sie die Gabel langsam wieder auf dem Teller ablegte. »Siehst du das?«, fragte sie und schob das Essen zur Seite.

»Was?« Hannah schaute prüfend erst ihre Mutter an, dann das dampfende Gericht. »Ich sehe gar nichts. Außer Bratwurst mit Meerrettich und Kraut – und ...« Sie stockte. »Das darf doch nicht wahr sein.«

»Doch, ist es«, sagte Katinka. »Damit werden meine schlimmsten Vorurteile gegenüber Kirchweihimbissen bestätigt.«

»So was habe ich aber noch nie erlebt«, wandte Hannah ein und warf Katinka einen fragenden Blick zu. Ebenso tat es das ältere Paar, das neben ihnen stand und alles mitbekommen hatte. »Was willst du jetzt machen?«, wollte Hannah wissen.

»Das ist doch wohl klar, oder?«, rief Katinka aufgebracht.

»Das kannst du nicht tun, Mom. Diese armen Leute gleich zu verklagen, wäre nicht fair.«

»Erstens sind Schausteller nicht unbedingt arme Leute, ganz im Gegenteil. Und zweitens muss ich nicht jeden verklagen, bloß weil ich zufälligerweise im Justizpalast an der Fürther Straße arbeite ...«

»... bei der Staatsanwaltschaft«, ergänzte Hannah. »Sondern? Was dann?«

»Ihnen den Fraß zurückbringen. Mit ein paar gepfefferten Worten.«

Paul Flemming stellte seinen Renault Kangoo im Halteverbot ab. Das würde bestimmt nicht gut gehen, aber es war ihm gerade egal. Ganz Mögeldorf war zugeparkt – und er viel zu spät dran.

Katinka hatte ihm schon zwei WhatsApp-Nachrichten geschrieben, wo er denn bliebe, und Hannah gleich noch drei hinterher. Dazu einige grimmig blickende Emojis. Also hängte er sich seine Kamera über die Schulter, mit der er später einige Impressionen einfangen wollte, und schwang sich aus dem Auto. Mit strammem Schritt erreichte er das gut besuchte Festgelände knappe zehn Minuten später. Er drängte sich entschlossen durch die Menge, um möglichst schnell zum Festzelt durchzukommen. Denn er wusste nur zu gut, dass Katinka es nicht leiden konnte, wenn man sie warten ließ.

Während er mit Schokoguss überzogenem Softeis, senftropfenden Bratwurstsemmeln und fetttriefendem Schmalzgebäck auswich, schaute er sich immer wieder suchend um. Leicht möglich, dass seine beiden ungeduldigen Frauen den vereinbarten Treffpunkt schon verlassen und sich unter die Leute gemischt hatten. Doch er sah sie nirgends. Stattdessen fielen ihm einige andere Gäste auf: im Freizeitlook wie die meisten Besucher, doch Paul hätte jede Wette abgeschlossen, dass es sich um Polizisten handelte. Ihre zur Schau getragene Unauffälligkeit war einfach zu auffällig.

Dann fiel sein Blick auf jemanden, den er hier nicht erwartet hätte. Spontan wechselte Paul seinen Kurs und steuerte auf die sportliche, schlanke Frau in knappen Jeans und verwaschenem T-Shirt zu. Ihre fuchsroten Haare lugten unter einem Käppi hervor.

»He, was machst du denn in Mögeldorf?«, sprach er sie an.

Jasmin Stahl zuckte zusammen. Mit einer schnellen Bewegung schob sie ein winziges Mikrofon unter eine Haartolle und hoffte wohl, Paul hätte das Headset nicht bemerkt.

»Oh«, sagte der. »Du bist im Dienst.« Augenzwinkernd fügte er hinzu: »In geheimer Mission?«

»Richtig geraten, du Schlauberger, und es wäre nett, wenn du mich nicht auffliegen lassen würdest«, sagte die Oberkommissarin und ließ erkennen, dass sie kein Interesse an einer weiteren Unterhaltung mit ihm hatte.

Doch darüber setzte Paul sich einfach hinweg, denn er wollte wissen, wen oder was es auf einer Kärwa zu beschatten gab. Jasmin zeigte dafür keinerlei Verständnis und sagte ihm klipp und klar, er solle weitergehen.

Paul ließ nicht locker. »Hoffentlich hat es keine Terrorwarnung gegeben?«

Bevor Jasmin etwas erwidern konnte, meldete sich offenbar jemand bei ihr, denn sie drehte den Kopf weg und drückte ihre Hand aufs linke Ohr, in dem – wie Paul vermutete – ein kleiner Kopfhörer steckte.

»Neue Befehle?«, fragte Paul, als sie ihre Hand wieder sinken ließ.

»Verzieh dich«, entgegnete sie barsch und schob ihn grob beiseite.

Das fand Paul weder nett noch informativ. Trotzig hängte er sich an sie dran und bemühte sich, sie im Getümmel nicht aus den Augen zu verlieren. Was nicht ganz einfach war, denn Jasmin legte ein ordentliches Tempo vor. Paul versuchte mitzuhalten, ohne ein Kleinkind zu überrennen oder mit einem torkelnden Festbesucher zu kollidieren, der nach seiner vierten oder fünften Maß den Heimweg antrat.

Als Jasmin ihr Ziel erreicht hatte, musste Paul zweimal hinsehen, um die Lage zu überblicken: Sie hatte an einem typischen Kärwastand haltgemacht. An einer dieser Fressbuden, aus Holz gezimmert, mit Tuch bespannt. Davor ein Schild, das das Angebot anpries. In diesem Fall klassisch fränkisch: Bratwurst mit Brötchen oder Kraut. Der Stand war von einigen der auffällig Unauffälligen abgeriegelt worden. Hinter dem Tresen stand eine übergewichtige Frau in Kittelschürze, wohl die Imbisswirtin, die sich die verheulten Augen rieb. Und gleich daneben: Katinka und Hannah!

Jetzt kannte Paul kein Halten mehr und zwängte sich entschieden durch die Reihe der Aufpasser. Er umrundete den Stand und stellte sich zu seiner Frau.

»Ist euch etwas passiert?«, fragte er besorgt.

Katinka, ungewohnt aufgewühlt, schüttelte den Kopf. »Nein, nein. Alles gut.«

»Sieht aber nicht so aus. Was macht dann die viele Polizei hier?«

Katinka zog ihn einige Schritte zur Seite. »Ich habe keine Ahnung. *Noch* habe ich keine Ahnung. Aber das wird sich bald ändern. Ich will wissen, was hier läuft.«

»Ich auch«, sagte Paul und wies mit dem Kopf auf Hannah. »Sie ist ganz blass. Sag mir doch bitte, was vorgefallen ist.«

Katinka holte Luft. Dann berichtete sie von den Ereignissen der letzten halben Stunde. Und von den Scherben, die sie in ihrem Sauerkraut gefunden hatte.

»Scherben?«, fragte Paul entgeistert. »Du meinst Glasscherben?«

»Ja«, bestätigte Katinka. »Wie du dir vorstellen kannst, bin ich ziemlich erschrocken. Nach dem Schrecken kam die Wut. Ich hatte vermutet, dass die Leute vom Imbiss geschlampt haben. Dass ihnen beim Umfüllen des Krauts ein Glas zu Bruch gegangen sein musste und sie es nicht für nötig hielten, die Splitter herauszufischen oder die ganze Portion wegzuschmeißen.«

»Aber?«

»Aber damit lag ich falsch. Klar, ich habe mich gleich beschwert und der Wirtin gesagt, dass das so nicht geht. Doch wie sich herausstellte, kommt das Sauerkraut gar nicht aus dem Glas.«

»Nicht?«

»Nein. Sondern aus großen Plastikeimern.«

»Was, wenn ein Glas oder eine Flasche in den Krauttopf gefallen ist?«, suchte Paul nach einer Erklärung.

Katinka winkte ab. »Die verkaufen hier keine Getränke. Und ehe du fragst: Es vermisst auch niemand seine Brille.«

»Dann hab ich keine Idee, wie die Scherben in dein Essen gekommen sein könnten, es sei denn, es ist bereits während der Herstellung passiert. Und noch weniger begreife ich, warum sich ein halbes Dutzend Polizisten damit beschäftigen muss. Die tragen zwar alle keine Uniform, man sieht ihnen ihren Job aber aus zehn Metern Entfernung an. Hast du die gerufen?«

»Wie käme ich dazu? Ich wollte mich bloß bei der Wirtin beklagen und mein Geld zurückverlangen. Dass daraus ein Staatsakt werden würde, habe ich nicht erwartet. Wie ich sehe, ist mittlerweile sogar deine kleine Freundin damit befasst.«

Paul ignorierte diese Spitze gegen Jasmin und betrachtete noch einmal aufmerksam die gesamte Szenerie. Er sah den Ernst in den Gesichtern Jasmins und der anderen verdeckten Ermittler. »Das ist die Mordkommission, Katinka«, raunte er seiner Frau zu. »Wenn jemand wissen müsste, was gespielt wird, dann bist das du als Oberstaatsanwältin. Oder nicht?«

Katinka nickte mit grimmiger Miene. »Du hast absolut recht. Spätestens morgen bin ich im Bilde. Dann wissen wir, was hier wirklich läuft und weshalb ich nicht informiert worden bin.«

Die Feststimmung war verflogen, zumindest bei der Familie Flemming-Blohm. Paul versuchte zu retten, was noch zu retten war: »Was haltet ihr davon, wenn wir auf den Schrecken erst einmal einen trinken?«, bemühte er sich um gute Laune. »Darf ich die Damen einladen? Auf ein Spezi oder vielleicht ein Radler?«

»Mein Bedarf ist für heute gedeckt«, lehnte Katinka ab. »Lass deinen Geldbeutel stecken. Wir gehen heim.«

Paul sah ein, dass er sich jede weitere Diskussion sparen konnte.

2

»Ihnen ist bewusst, wie sehr es diesmal auf Diskretion ankommt?«, fragte Hauptkommissar Winfried Schnelleisen und fuhr sich unruhig mit der Hand über das pockennarbige Gesicht. »Wenn die Sache ruchbar wird, können wir unsere Pläne, das Ganze ohne großes Aufhebens abzuwickeln, beerdigen.«

»Ja«, sagte Jasmin zerknirscht. Es war früh am Morgen und die Luft im kleinen Besprechungsraum des Polizeipräsidiums abgestanden.

»Einer solchen Herausforderung kann man nur gerecht werden, wenn man den Kreis der Eingeweihten klein hält und allen Übrigen nur die allernotwendigsten Informationen gibt. Das hatte ich Ihnen ausdrücklich gesagt, als ich Sie mit diesem Fall betraut habe.«

»Auch das ist mir bewusst«, entgegnete Jasmin und hielt sich an ihrem Kaffeebecher fest. »Aber Sie können sich beruhigen. Es ist nichts passiert, wir haben alles im Griff.«

»Nichts passiert?« Schnelleisen stützte sich mit beiden Fäusten auf dem Konferenztisch ab und stierte Jasmin an. »Wenn ich Ihren Bericht richtig gelesen habe, war dieses Mal Frau Blohm beteiligt. Ich wiederhole: *Frau Blohm*, ihres Zeichens Oberstaatsanwältin und bisher nicht involviert.«

»Ja, aber ...«

»Schlimmer noch: Wie uns allen aus leidiger Erfahrung bekannt ist, ist überall dort, wo Frau Blohm aufkreuzt, ein gewisser Herr nicht weit.«

»Ich weiß, auf wen Sie anspielen. Doch ich kann Ihnen versichern, dass der Vorfall diskret abgewickelt wurde und nichts über die Hintergründe an die Öffentlichkeit gedrungen ist.«

Schnelleisen musterte sie kritisch. »Dann hoffe ich in Ihrem Interesse, dass es so bleibt. Halten Sie sich und uns diesen Flemming vom Leib. Sollte er zu neugierig werden, speisen Sie ihn mit Brotkrumen ab.«

»Brotkrumen?«

»Werfen Sie ihm irgendwelche Scheininformationen hin, an denen er knabbern kann. Unwichtiges, das ihn beschäftigt und uns Zeit verschafft, um diese leidige Angelegenheit so schnell wie möglich vom Tisch zu bekommen.«

»Und wenn seine Frau ihm sagt, worum es geht? Vor ihr können wir es nicht dauerhaft verheimlichen.«

»Das darf sie nicht. Wenn sie es doch täte, wäre das ein dienstliches Vergehen«, behauptete der Hauptkommissar. »Also noch einmal: Wimmeln Sie Flemming ab und lassen Sie ihm gegenüber nur Nebensächlichkeiten fallen.«

»Brotkrumen ...«, griff Jasmin erneut die Wortwahl ihres Chefs auf und hatte große Zweifel daran, dass einer wie Paul davon satt werden würde.

Er konnte seine Neugier kaum bändigen, als er am Montagmittag über den Weinmarkt ging. Im *Goldenen Ritter* wollte Paul sich mit Katinka treffen, und dort würde sie ihn hoffentlich über die Hintergründe der seltsamen Geheimniskrämerei aufklären, durch die Jasmin und ihr Team gestern aufgefallen waren. Er hatte dafür nämlich noch immer keine schlüssige Erklärung gefunden, obwohl er den ganzen letzten Abend darüber nachgedacht hatte. Denn das mit den Scherben war zwar eine üble Geschichte, rechtfertigte aber nicht das große Aufgebot an Polizei, zumal ja niemand zu Schaden gekommen war.

Heute würde sich Katinka nicht über seine Unpünktlichkeit beschweren können, dachte Paul mit einem Blick auf seine Armbanduhr. Im Gegenteil: Es blieben sogar einige Minuten bis zur verabredeten Zeit; er war überpünktlich.

Er hatte das Ziel bereits vor Augen, da trat jemand von der Seite dicht neben ihn. So plötzlich und unerwartet, dass Paul zusammenfuhr. »O Mann, haben Sie mir einen Schrecken eingejagt!«

»Das war nicht meine Absicht«, sagte Victor Blohfeld, doch ein feines Lächeln im fahlen Gesicht des Reporters verriet, dass er es sehr wohl darauf angelegt hatte.

»Ist das ein Zufall, dass wir uns hier treffen?«, fragte Paul und konnte sich selbst die Antwort geben: natürlich nicht! Blohfeld kannte Pauls Stammlokal nur zu gut und wusste, dass er häufig dort anzutreffen war. Man konnte also davon ausgehen, dass der Reporter ihm aufgelauert hatte. War nur die Frage, weshalb.

Blohfeld machte sich keine Mühe, seine Absicht zu verschleiern: »Ich hatte gehofft, dass ich Sie abfangen kann.«

»Worum geht es denn?« Ein schneller Blick auf die Uhr. »Ich hoffe, es dauert nicht lange, ich bin verabredet.«

»Klar. Ich habe Ihre werte Frau Gemahlin vorhin reingehen sehen. Sie sitzt wahrscheinlich gerade vor einem Teller Suppe oder ist bereits zur Hauptspeise übergegangen.«

»Kati ist schon da?«, wunderte sich Paul und stellte sich unwillkürlich die Frage, ob er sich die falsche Zeit für ihr Treffen gemerkt hatte.

»Sie wird es verschmerzen«, meinte der Reporter und stellte sich Paul in den Weg.

»Also gut, Blohfeld, wo brennt's denn?«

»Das können Sie sich nicht denken?«

»Hören Sie, Blohfeld: Ich bin – wie gesagt – in Eile und habe keine Lust auf ein Ratequiz. Sagen Sie einfach, was Sie von mir wollen.«

»In Ordnung, dann nenne ich Ihnen ein Stichwort. Das sollte reichen, um Sie zum Reden zu bringen.«

»Na schön, wenn Sie meinen. Ich habe zwar noch immer keinen Schimmer, worauf Sie hinauswollen, aber meinetwegen nennen Sie Ihr Stichwort.«

Blohfeld machte eine Pause, sah Paul direkt in die Augen und sagte dann: »Kärwa.«

»Kärwa?« Paul konnte seine Überraschung nicht verbergen. Was zum Teufel hatte der alte Spürhund da wieder aufgeschnappt? Wusste er etwa von dem Vorfall in Mögeldorf?

»Und? Hat es klick gemacht?«

Paul antwortete nicht, unsicher, was er sagen sollte. Er hatte ja selbst keine Ahnung, was wirklich vor sich ging.

»Wenn das so ist, werde ich Ihr Gedächtnis etwas auffrischen«, meinte Blohfeld und hielt Paul sein Smartphone hin. »Sehen Sie dieses Foto? Eines von vielen, die wir von unseren eifrigsten Mitarbeitern erhalten haben. Handyreporter, die sich einen Obolus dazuverdienen, indem sie uns solche Aufnahmen schicken.«

Paul konnte kaum fassen, was Blohfeld ihm gerade präsentierte. Das Bild wies weder eine besondere Qualität auf, noch genügte es irgendeinem künstlerischen Anspruch. Trotzdem hatte es alles, was ein Zeitungsfoto brauchte. Zumindest für ein Sensationsblatt wie jenes, für das Victor Blohfeld schrieb.

»Das bin ja ich!«

»Richtig. Paul Flemming, wie er leibt und lebt«, grinste Blohfeld. »In Begleitung seiner bezaubernden Frau und seiner hübschen Stieftochter – und umringt von Zivilfahndern der Nürnberger Kripo, inklusive Oberkommissarin Jasmin Stahl. Muss ja eine Riesensache sein, an der Sie da dran sind. Nur komisch, dass davon im Polizeibericht überhaupt nichts zu lesen war. Soll die Öffentlichkeit etwa ausgeschlossen werden?«

»Blohfeld! Ob Sie es glauben oder nicht: Ich habe nicht die leiseste Ahnung, was das Ganze zu bedeuten hat.«

Der Reporter kam noch näher heran, als er sagte: »Es ist etwas passiert auf der Mögeldorfer Kärwa, richtig?«

»Blohfeld, hören Sie ...«

»Nein, jetzt hören Sie mir mal zu.« Er zog einen Notizblock aus seinem speckigen Trenchcoat und klappte ihn auf. »30. Mai, Kirchweih in Schweinau: Besucher klagten über Übelkeit nach dem Genuss von gegrillten Makrelen. 1. Juni auf der Kärwa in Großreuth: Gäste fanden Steinchen zwischen den gebrannten Mandeln. 3. Juni beim Fest am Nordostbahnhof: Passanten meldeten beißende Gerüche nahe einer Losbude. Viele kleine Vorfälle, nie ist jemand ernsthaft zu Schaden gekommen. Kann passieren, möchte man sagen – und dennoch ist eine solche Häufung ungewöhnlich. Finden Sie nicht auch, Flemming?«

»Was soll ich dazu sagen?«, meinte Paul und kam ins Grübeln. »Woher wissen Sie das alles? Auch von Ihren fleißigen Handyreportern?«

»Zum Teil. Das mit der Losbude wurde auf Facebook breitgetreten. Man muss eben am Ball bleiben.«

»Trotzdem kann ich Ihnen nicht weiterhelfen. Ob und gegen wen die Polizei ermittelt, weiß ich nicht. Und wenn, würde ich es Ihnen wahrscheinlich nicht sagen, denn meistens gibt es gute Gründe dafür, dass die Behörden etwas vertraulich behandeln.«

»Das sehe ich anders. Die Presse hat ein Recht auf Informationen. Wenn die Polizei etwas unter den Teppich zu kehren versucht, sind wir die Ersten, die es wieder hervorziehen. Weil das unsere gottverdammte Aufgabe ist.«

Paul setzte zu einem neuen Versuch an, den Reporter von seiner Unwissenheit zu überzeugen. Dabei bekam er unerwartete Hilfe.

»Niemand kehrt etwas unter den Teppich«, sagte Katinka, die sich ihnen genähert hatte, ohne dass Paul es mitbekommen hatte. Im anthrazitfarbenen Hosenanzug, mit blütenweißem Blusenkragen und sorgsam zurückgestecktem Haar sah sie ebenso seriös wie attraktiv aus. An Paul gerichtet meinte sie: »Habe ich es mir doch gedacht, dass du irgendwo hängen geblieben bist.«

Sie hakte ihn unter und zog ihn von Blohfeld weg. »Ihre Story müssen Sie sich von jemandem anderen holen«, rief sie dem Reporter zu.

»Von wem denn?« Blohfeld hob ratlos die Arme.

»Ihre Sache. Sie finden schon einen Weg. Wie immer.«

Nachdem Katinka sich davon überzeugt hatte, dass der penetrante Reporter ihnen nicht bis in den *Goldenen Ritter* gefolgt war, ließ sie sich auf ihrem Lieblingsplatz im ersten Stock des urigen Lokals nieder, unmittelbar am liebevoll restaurierten Chörlein des Fachwerkhauses.

»Ich war so frei, schon mal für uns zu bestellen«, sagte sie, »sonst ist meine Mittagspause vorbei, ehe ich den ersten Bissen im Mund habe.« Sie schob Paul die Karte zu und tippte auf die Tagesempfehlung: gesülztes Biohuhn mit Fenchel-Bohnen-Salat, Artischockenmarmelade und einem Püree von roten Linsen.

»Klingt gesund«, kommentierte Paul, interessierte sich momentan aber für ganz andere Dinge: »Ich platze vor Neugierde«, sagte er. »Was hast du herausgefunden?«

Katinka hob die Brauen. »Du meinst wegen dieser Geschichte in Mögeldorf?«

»Ja, natürlich meine ich das. Wir hatten doch darüber gesprochen, dass du dich bei deinen Kollegen danach erkundigen wolltest.«

»Ja, das stimmt«, bestätigte Katinka, ging jedoch nicht weiter darauf ein. Stattdessen sah sie sich um. Ihr schien es gerade recht zu sein, dass Jan-Patrick mit dem Essen kam.

Der Küchenchef, emsig wie immer, setzte ihnen die kreativ angerichteten Teller vor: Das gewürfelte Huhn war kunstvoll auf den Linsen drapiert, garniert mit einer Handvoll Kresse und begleitet vom Salat. Sah toll aus, fand Paul. Aber ob er damit seinen Hunger stillen konnte?

Natürlich ließ es sich Jan-Patrick nicht nehmen, sich eine Weile zu ihnen zu setzen. Denn auch wenn sie sich mindestens dreimal in der Woche trafen, wusste der Wirt doch immer Neues zu erzählen. Meist heitere Anekdoten aus seinem Küchenmeisterdasein, über seine Lebensgefährtin Marlen oder ihren Sprössling, der nach den großen Ferien eingeschult werden sollte.

Diesmal hatte er allerdings weniger Erbauliches zu berichten: »Einer meiner Gäste bereitet mir gerade echte Probleme«, sagte er und blickte Katinka und Paul ratsuchend an.

»Weil ihm die Portionen zu klein sind?« Paul konnte sich diese Frage bei einem Blick auf seinen Teller einfach nicht verkneifen.

»Das ist nicht wahr«, widersprach Jan-Patrick prompt. Trotz seiner geringen Körpergröße konnte er sich binnen Sekunden aufplustern wie ein Gockel und wirkte dann durchaus ein bisschen bedrohlich. »Wenn du bei mir fränkische Klassiker bestellst, hast du genauso viel auf dem Teller wie beim *Barfüßer* oder im *Spießgesellen*. Aber deine Frau hat sich für Nouvelle Cuisine entschieden, da zählt Klasse statt Masse.«

»Schon gut«, bemühte sich Katinka, die Wogen zu glätten. »Wo drückt denn der Schuh?«

Jan-Patrick holte tief Luft und erzählte ihnen von einem regelmäßigen Mittagsgast, der sich mit Vorliebe für die teuersten Gerichte auf der Karte entschied. Bevorzugt wählte er Fisch, gern auch Steak. »Bei besagtem Feinschmecker handelt es sich um einen angesehenen Bürger der Stadt: Rechtsanwalt und Notar Dr. Gerstner.«

»Kenn ich«, sagte Katinka sofort. »Bin vor Gericht schon oft gegen ihn angetreten. Ein cleverer Fuchs, der sein Metier beherrscht.«

»Wenn er so ein guter Gast ist – wo liegt denn dann dein Problem?«, wollte Paul wissen.

Der Küchenmeister legte die Stirn in Falten. »Mein Problem besteht darin, dass er nicht zahlt.«

»Verstehe ich nicht«, sagte Paul. »Er kann ja nicht einfach aufstehen und gehen. Das wäre Zechprellerei, und du könntest ihn anzeigen.«

Jan-Patrick nahm den Begriff auf: »Zechprellerei. Das trifft es an sich schon recht gut. Nur leider kann ich nichts dagegen unternehmen. Mir sind die Hände gebunden.«

»Geht's vielleicht etwas deutlicher?«, fragte Paul.

»Na ja, es ist so, dass ich gar nicht darum herumkomme, Dr. Gerstner die Rechnung zu erlassen. Denn ein ums andere Mal hat er etwas zu bemängeln.«

»Zu bemängeln?«, hakte Katinka nach.

Jan-Patrick nickte. »Mal sind es Gräten im Forellenfilet, mal ist der Salat nicht gründlich genug geputzt, und neulich fand er das sprichwörtliche Haar in der Suppe. Ich kann es mir nicht leisten, einen Mann seines Renommees trotzdem zur Kasse zu bitten, denn wenn sich das herumspricht, verliere ich wahrscheinlich auch andere gute Gäste.«

»Ich habe bei dir noch nie auf eine Gräte gebissen oder erlebt, dass es beim Salatessen zwischen den Zähnen knirscht«, meinte Paul.

»Natürlich nicht. Wir arbeiten mit allergrößter Sorgfalt. Und auch das Haar ist Unfug, denn in der Küche tragen selbstverständlich alle ein Netz.« Beklommen sah er sie an. »Aber ich kann nichts tun. Denn wie sollte ich beweisen, dass meine Speisen die Küche in einwandfreiem Zustand verlassen haben?«

»Schwierig«, pflichtete Katinka ihm bei. »Zumal bei einem wie Gerstner. Ich an deiner Stelle würde mich nicht mit ihm anlegen. Dabei ziehst du den Kürzeren.«

»Aber was soll ich tun?«, fragte Jan-Patrick ziemlich verzweifelt.

»Hoffen, dass sich Gerstner bald ein anderes Stammlokal sucht«, sagte sie. »Bis dahin wirst du wohl gute Miene zum bösen Spiel machen müssen.« Sie setzte ein Lächeln auf und zog ihr Portemonnaie aus der Handtasche. »Zum Glück hast du ja auch zahlende Gäste. Sagst du mir, was du bekommst? Ich muss nämlich dringend zurück ins Büro.«

»Wolltest du mir nicht noch etwas sagen?«, bremste Paul die Aufbruchsstimmung.

Katinka schlug ein großzügiges Trinkgeld auf, erhob sich und zog ihre Anzugjacke zurecht. »Es gibt leider nichts zu sagen«, meinte sie an Paul gewandt.

Der stand ebenfalls auf. »Was soll das heißen?«

Katinka führte Daumen und Zeigefinger ihrer rechten Hand zusammen und ließ sie über ihren Mund gleiten, als zöge sie einen Reißverschluss zu.

»Topsecret«, sagte sie noch, bevor sie ging.

3

Natürlich konnte Paul von seiner Frau nicht erwarten, dass sie Dienstgeheimnisse ausplauderte. Aber er konnte auch nicht verhindern, dass ihr Schweigen seinen Ehrgeiz anstachelte, selbst etwas zu unternehmen.

Wenn Katinka nicht dazu zu bewegen war, ihm mehr über die seltsamen Pannen zu Beginn der Kärwasaison und die erhöhte Polizeipräsenz zu sagen, dann musste er eben eine andere Quelle anzapfen – und Paul wusste auch schon, welche. Der Begriff »Kärwa« leitete sich bekanntermaßen von »Kirchweih« ab. Pauls Ansprechpartner war also idealerweise ein Mann der Kirche: Hannes Fink! Der erwies sich immer wieder als über ziemlich alles informiert, was in der Stadt lief. Einen Versuch war es jedenfalls wert.

Paul hatte Glück und traf den Pfarrer von St. Sebald, mit dem er seit Langem befreundet war, vor dem imposanten Gotteshaus an, das nur wenige Gehminuten vom *Goldenen Ritter* entfernt lag. Paul rief seinen Namen, woraufhin sich der korpulente Geistliche nach ihm umdrehte, gegen die Sonne blinzelte und ihm dann zuwinkte.

»Hast du eine Minute für mich?«, fragte Paul. »Ich bräuchte ein paar Infos zum Thema Kirchweih.«

Fink grüßte ihn kumpelhaft, indem er Paul kurz an sich zog. »Wollte gerade in die Kirche. Lust auf eine kleine Inspektionsrunde?«

»Ist es denn nötig, dass du nach dem Rechten siehst?«

»Nun ja, hin und wieder entdecke ich eine lose Schraube in den Sitzbänken, ein defektes Leuchtmittel oder einen neuen Riss im Gewölbe. Außerdem hat sich einiges verändert in letzter Zeit, du wirst schon sehen.« Er hielt kurz inne. »Aber eigentlich mache ich meine Runden, um zu mir selbst zu kommen. Die Ruhe und spirituelle Kraft der alten Dame Sebaldus zieht mich immer wieder aufs Neue in ihren Bann.«

Paul nahm den Vorschlag gern an. Das würde ihm die Gelegenheit geben, mit dem Pfarrer über sein Anliegen ins Gespräch zu kommen.

Sie betraten das Gotteshaus durch das Hauptportal, dessen Türen in den 1980er-Jahren vom Nürnberger Bildhauer Heinz Heiber mit zeitgenössischen Ausdrucksformen umgestaltet worden waren. Ein gewagter Gegensatz zu dem, was einen im Inneren erwartete, wo alles in Würde gealtert war, fand Paul.

Fink schien seine Gedanken zu erraten, denn während ihre Schritte durch das hoch aufragende Kirchenschiff hallten, fragte der Geistliche wie beiläufig: »Was weißt du eigentlich über sie?«

»Über unsere Kirche?«

»Ja, unsere Kirche.«

»Eine ganze Menge, denke ich.«

»Zum Beispiel?«

»Kurz gefasst: Es handelt sich um eine gotische, heute evangelische Kirche mit Buntglasfenstern, Fresken und imposanter Orgel.«

»Ein bisschen dünn«, kommentierte Fink und bot sich an, Pauls Wissenslücken zu füllen: »War dir zum Beispiel bekannt, dass die Gründung der Mutterkirche durch den legendären Eremiten Sebaldus gar nicht hier in Nürnberg stattfand, sondern auf Fürther Gebiet?«

»Fürth?«, wunderte sich Paul. »Ausgerechnet ...«

»Ja, um das Jahr 1050 gründete er die Peter-und-Paul-Kirche in Poppenreuth. Doch nachdem der Heilige Sebaldus 1070 gestorben war, überführte man seinen Leichnam auf einem Ochsengespann nach Nürnberg. Angeblich blieben die Tiere an der Stelle stehen, wo heute die Türme der Sebalduskirche in den Himmel ragen. Diese Anekdote ist viel zu schön, um nicht wahr zu sein.«

»Ach ja, davon hast du mir schon mal erzählt.«

»Unsere Kirche ist um 1275 fertig geworden, später erweiterte man die Seitenschiffe und erhöhte die Türme im hochgotischen Stil, dann folgten der spätgotische Hallenchor und schließlich die Barockisierung ab Mitte des siebzehnten Jahrhunderts.« Fink hob den Blick. »Der Bau hat alle Wirren der Zeit mehr oder weniger unbeschadet überstanden, nicht aber den Zweiten Weltkrieg. Sämtliche Dächer, die Chorgewölbe und die Türme wurden zerstört. Der Wiederaufbau nahm sehr viel Zeit in Anspruch, dauert teilweise noch immer an. Der Erhalt der Bausubstanz stellt für uns eine ständige Herausforderung dar.«

»Ich weiß«, sagte Paul.

»Außerdem gibt es immer wieder Innovationen: Kennst du zum Beispiel schon unseren neuesten Umbau? Die Feuerschutzbestimmungen werden immer strenger, und so mussten wir uns von dem alten Mesnerhäuschen trennen.«

»Das war aber auch wirklich sehr eng und kalt, oder?«

»Ja, und außerdem hatten die ehrenamtlichen Aufsichten von dort aus keinen Überblick über die Kirche. Und nun: ein geheizter Aufenthaltsraum aus Glaskeramik. Ich mag es, wie sich das Licht darin spiegelt und das Glas lebendig werden lässt.«

Skeptisch betrachtete Paul den modernen Kubus. »Ich bin mir nicht sicher, ob mir das Glas in der Kirche gefällt.«

»Ja, das sagen manche kritischen Stimmen, aber über Geschmack lässt sich ja bekanntlich nicht streiten. Und außerdem: Wenn die Künstler in früheren Zeiten nicht ab und zu etwas Neues ausprobiert hätten, dann würden wir wohl immer noch durch eine romanische Kirche gehen ...«

Paul betrachtete den Einbau nun mit anderen Augen. Sachte ließ er seine Finger über die schimmernde Oberfläche gleiten.

»Das ist übrigens das gleiche Material, aus dem die Ceranfelder in der Küche gemacht sind«, belehrte ihn Fink. »Nur: Diese Glaskeramikplatten hier sind ein Recyclingprodukt.« Dann erinnerte er sich: »Du möchtest reden? Setzen wir uns hinten in die Bänke.«

Paul wollte seiner Aufforderung folgen und preschte voran, doch Fink lenkte ihn in eine andere Richtung.

»Nein, nicht in den Westchor. Das rote Band da vorn ist alarmgesichert.«

Sie nahmen in der letzten Bankreihe Platz, vor sich die erhabene Weite des Sakralbaus.

»Manchmal, wenn ich das Gefühl habe, mir fehlt der Fokus, setze ich mich genau hierher«, sagte Fink.

Paul ließ sich darauf ein und konzentrierte sich auf die Glasfenster in der Mitte des Ostchores.

»Die Pfeiler führen die Augen automatisch nach vorne«, beschrieb Fink das Phänomen, das Paul soeben erlebte. »Wenn ich länger meine Aufmerksamkeit darauf richte, verschwindet manches Unbedeutende, und ich entdecke, was wirklich wichtig ist.« Der Pfarrer wandte sich zu Paul. »Wusstest du, dass die Kirchen fast immer nach Osten ausgerichtet sind? Richtung Orient – zur Orientierung. Solltest du auch mal ausprobieren, wenn sie dir fehlt.«

»Die fehlt mir zurzeit wirklich«, meinte Paul.

»Du befasst dich doch gerade mit dem Thema Kärwa, richtig? Kommt es dort etwa auch zu Orientierungslosigkeit?«

»Nicht direkt«, antwortete Paul, froh darüber, dass sie nun zu seinem Anliegen kamen.

»Was beschäftigt dich denn?«, fragte der Geistliche. »Seltsam. Ich habe nichts von einem Kärwamord gelesen ...«

»Es gab auch keinen Mord«, stellte Paul klar.

»Woher rührt dann dein Interesse? Ach, egal. Was möchtest du wissen?«

»Erzähl mir einfach, was dir dazu einfällt.«

»Wie du willst. Dass Franken berühmt für seine vielen Kirchweihen ist und allein in Nürnberg an vierzig verschiedenen Orten gefeiert wird, dürfte dir bekannt sein. Jede Kärwa ist zweifellos ein Höhepunkt im Festtagskalender, daran hat sich im Laufe der Jahrhunderte nichts geändert.« Sie erhoben sich und gingen langsam weiter in Richtung der Kreuzigungsgruppe von Veit Stoß über dem ehemaligen Hauptaltar.

»Kärwa und Religion – da gibt es ja durchaus Bezüge«, warf Paul ein.

Fink stimmte zu. »Ursprünglich wurde meist die Einweihung einer Kirche gefeiert, manchmal auch der Namenstag eines Heiligen, des Kirchenpatrons. Das Kirchliche selbst spielt heute freilich nur noch eine Nebenrolle, das Brauchtum gehört aber nach wie vor dazu. Das Aufstellen des Kirchweihbaums durch die Kärwaburschen etwa. Natürlich dauern die Feste heute länger als nur einen Sonntag, oft geht es schon am Donnerstag los, dann kommt das gute Krenfleisch auf den Tisch, mit üppig Meerrettichsoße drauf. Am Wochenende gibt's bodenständige Gerichte. Blut- und Leberwürste, Presssack, Schlachtplatte und Schäufele. Dazu frisches Fassbier, und zum Schluss ein, zwei Kurze aus einer der zahllosen Brennereien der Region«, zählte Fink genüsslich auf und strich sich dabei über den Bauch.

»Mir ist klar, dass man auf der Kärwa gut essen kann«, merkte Paul an, der auf etwas ganz anderes hinauswollte.

»Ach ja? Dann kennst du sicher auch den Unterschied zwischen katholischen und evangelischen Küchla.«

»Du meinst das Schmalzgebäck?« Paul zuckte mit den Schultern. »Nein, keine Ahnung.«

»Die katholischen sind rund, unsere dagegen eckig. Und ich finde, sie schmecken auch verschieden.«

»Auf was du alles achtest ...« Paul fand, es sei an der Zeit, seinen Freund auf den Vorfall in Mögeldorf anzusprechen. Auch berichtete er von den Gerüchten um die anderen Zwischenfälle, von denen Blohfeld erzählt hatte. »Hast du irgendetwas darüber gehört?«, wollte er wissen. »Offenbar befassen sich Polizei und Staatsanwaltschaft damit. Dabei handelt es sich vordergründig ja nur um Bagatellen.«

»Daher weht also der Wind«, stellte Fink schmunzelnd fest. »Hätte mich auch gewundert, wenn du Interesse für etwas zeigst, das nichts mit Kriminalität zu tun hat.«

»Also?«, hakte Paul nach. »Weißt du etwas? Ihr Kirchenleute seid schließlich auch zu Gast, wenn eine Kärwa eröffnet wird.«

Fink straffte sein mit grauen Strähnen durchzogenes Haar, indem er den Gummi am Pferdeschwanz höher schob. »Nicht direkt«, sagte er, und es klang ausweichend.

»Aber indirekt?«

»Ich möchte dir nichts vormachen, Paul. Auch ich habe mitbekommen, dass die Saison nicht gerade optimal gestartet ist. Ich weiß auch, dass drüben in der Stadtverwaltung die Köpfe rauchen.«

»Im Rathaus Wolffscher Bau?«, fragte Paul.

»Nicht direkt dort, sondern in der Mauthalle.«

Paul konnte nicht folgen. »Was ist in der Mauthalle?«

»Das Grundstücksamt. Die verwalten dort die städtischen Flächen, und in ihren Zuständigkeitsbereich fallen auch die Kirchweihen. Ich an deiner Stelle würde es da mal probieren. Vielleicht weiß man dort mehr.«

Paul nickte. »Danke, Hannes. Ein guter Tipp. Dann versuche ich mein Glück mal auf dem Amt.«

»Ehe du gehst«, hielt Fink ihn auf, »verrat mir bitte noch, warum du dich so dahinterklemmst. Gibt es einen besonderen Grund dafür?«

»Erstens habe ich die Sache mit den Scherben selbst mitgekriegt und möchte wissen, wie es dazu kommen konnte. Um ein Haar hätte Katinka Glas gegessen, das hätte sie umbringen können. Ich nehme das persönlich.«

Fink nickte verständnisvoll. »Und zweitens?«

»Zweitens versuchen die lieben Damen mal wieder, mich auszuschließen und das Ding allein durchzuziehen – was mich fuchst.«

»Die beiden Damen sind Katinka und Jasmin?«

»So ist es.«

»Na ja, aus dienstlichen Gründen haben sie keine andere Wahl ...«, merkte Fink an und sprach damit aus, was Paul zwar ebenso gut wusste, jedoch nicht wahrhaben wollte.

Auweia, dachte Hannes Fink, während er seinem Freund vom Kirchenportal aus hinterherschaute. Hatte Paul sich also mal wieder festgebissen. Diesmal an einem Fall, der nicht mal ein richtiger war. Zwar hatte auch Fink von diversen Vorkommnissen gehört, doch er wagte zu bezweifeln, dass diese Ereignisse wirklich von Bedeutung waren. Wahrscheinlich einfach nur eine zufällige Aneinanderreihung von mehr oder weniger harmlosen Pannen, die aufgebauscht wurden.

Aus seiner Sicht ging es gar nicht um verdorbenen Fisch, üblen Gestank oder Fremdkörper im Essen. Nein, der eigentliche Grund für die Sensibilität bei Polizei und Staatsanwaltschaft lag für ihn auf der Hand: Das Schreckgespenst des Terrorismus machte auch vor den kleineren Festivitäten nicht halt. Während die Erlanger Bergkirchweih schon länger durch Betonblöcke vor Amokfahrern geschützt und von Dutzenden Beamten überwacht wurde, maß man nun wohl auch den Stadtteilfesten eine höhere Bedeutung zu, was den Sicherheitsaspekt anbelangte. Ob zu Recht oder nicht, das vermochte Fink nicht zu beurteilen.

Er wusste nur eines: Pauls Aktivismus würde niemandem helfen. Insofern fragte er sich, ob er nicht soeben einen Fehler gemacht hatte, als er Paul an das Grundstücksamt verwiesen hatte. Besser wäre es gewesen, er hätte ganz einfach den Mund gehalten. Doch dafür war es nun zu spät.

Fink wollte gerade zurück in die Kirche gehen, da kam der nächste unerwartete Besucher auf ihn zu. Kein enger Vertrauter wie Paul, dennoch freute sich Fink, ihn zu sehen.

»Was verschafft mir die Ehre?«, fragte er und begrüßte den Gast mit Handschlag. Fink war guter Dinge, denn normalerweise verband der Neuankömmling seine Besuche mit einer ordentlichen Geldspende. Er tauchte zwar selten bei ihm auf, ließ es sich dann jedoch nicht nehmen, eine beträchtliche Summe für die Kirche zu hinterlegen.

»Leider bringe ich diesmal schlechte Nachrichten, Herr Pfarrer«, sagte der groß gewachsene Herr im rustikalen Trachtenjanker. »Ich werde unsere Gemeinde vorläufig nicht mehr unterstützen können.«

»Liegt es an der Zeit?«, erkundigte sich Fink, der wusste, wie sehr sein Gemeindemitglied beruflich eingespannt war.

»Wenn es um Ihr Engagement im Gemeinderat geht, dann lässt sich sicher ...«

»Nein, nein. An Zeit wird es mir schon bald nicht mehr mangeln. Vielmehr dreht es sich ums liebe Geld.«

»Oh.«

»Es fällt mir schwer, es auszusprechen: Die Brauerei steht vor dem Aus. Die Belegschaft ist bereits informiert. Wir werden wahrscheinlich noch in diesem Monat den Betrieb einstellen.«

»Wie bitte?« Fink mochte es nicht glauben. Zwar waren ihm immer mal wieder Gerüchte zu Ohren gekommen, dass der rührige Mittelständler kaum mehr mit den Großbrauereien mithalten konnte. Andererseits floss doch gerade jetzt im Sommer der Gerstensaft hektoliterweise! Auf jeder zweiten Kirchweih wurde das gute Nürnberger *Grundmann Bräu* ausgeschenkt. Zumindest war es früher so gewesen. Inzwischen, so machte sich Fink bewusst, dominierten auch da die großen Brauereikonzerne. Grundmann war ausgebootet worden – und die Verzweiflung darüber ließ sich deutlich an seinem Gesicht ablesen.

»Es ist, wie es ist«, sagte er. »Sämtliche Versuche, das Ende abzuwenden, sind gescheitert. Leider, leider.«

»Und es gibt wirklich keinen Ausweg? Keine Möglichkeit, den Betrieb doch noch zu retten?«

Der Brauereibesitzer schüttelte den Kopf. »Ich wollte, dass Sie darüber Bescheid wissen, ehe es in der Zeitung steht, Herr Pfarrer. Damit Sie die richtigen Worte finden, falls sich einer der Arbeiter an Sie wendet. – Und damit Sie eine Erklärung dafür haben, dass Zuwendungen aus unserem Haus künftig ausbleiben.«

Fink dankte ihm für das Vertrauen und wünschte ihm alles Gute für die Zukunft. Grundmann war noch nicht alt, gerade mal fünfzig. Patent, beliebt und vernetzt, wie er war, würde er anderweitig unterkommen, da war sich Fink sicher. Daher scheute er sich nicht zu fragen: »Haben Sie denn schon etwas Neues in Aussicht?«

Grundmanns Miene verfinsterte sich. »Nein. Die Brauerei war mein Leben, mein Ein und Alles. Für die Stadt wäre es ein Leichtes gewesen, unser Bestehen zu sichern, doch die stecken ihr Geld ja lieber in den U-Bahn-Bau oder irgendwelche teuren Kulturprojekte. Wir Selbstständigen können sehen, wo wir bleiben. Aber die werden mich noch kennenlernen!«

Fink, erschrocken über den plötzlichen Zornesausbruch des sonst so besonnenen Mannes, entschuldigte sich für seine Frage: »Ich wollte Ihnen nicht zu nahe treten. Sie machen eine schwere Zeit durch, darauf hätte ich Rücksicht nehmen müssen.«

»Nein, Herr Pfarrer, das geht in Ordnung. Es tut mir leid, ich habe mich gehen lassen.« Grundmann hatte seine Fassung wiedererlangt, als sie sich verabschiedeten. Dennoch stimmte es Fink nachdenklich, als er ihm nachsah. Langsam und gebeugt ging Grundmann über den Sebalder Platz davon.

4

Paul war nicht zu bremsen. Kaum hatte er die Kirche verlassen, überquerte er den Hauptmarkt, dann stand er auch schon auf der Museumsbrücke. Keine fünf Minuten später wäre er bereits an der Mauthalle.

Doch was dann?

Mit einem Mal wurden seine Schritte langsamer. Ihm dämmerte, dass er nicht die geringste Legitimation für das besaß, was er gerade vorhatte. Mit welchem Recht konnte er die Mitarbeiter des Grundstücksamtes ausfragen? Er war kein Ermittler, weder Polizist noch Detektiv. Wenn überhaupt würde er sich seine Informationen mithilfe einer Finte besorgen müssen. Doch wie sollte diese aussehen?

Während er mitten auf der Brücke vor einem Verkaufsstand mit indischen Seidentüchern, Traumfängern und allerlei anderem Tand stehen blieb, suchte er nach Alternativen. Hannah kam ihm in den Sinn. Sie arbeitete ja auch bei der Stadt und konnte vielleicht für ihn den Türöffner spielen. Möglicherweise würde sie sogar selbst etwas herausbekommen, denn unter Kollegen gab es schließlich keine Geheimnisse. Oder doch?

Nein, auch das war eine naive Vorstellung, fand Paul und schlug sich den Gedanken wieder aus dem Kopf. Er musste einen anderen Hebel finden, wenn er etwas bewegen wollte. – Und er fand einen. Schneller als erwartet.

Zuerst erkannte er ihr rötlich schimmerndes Haar. Dann auch ihre Art zu gehen, den sportlichen Schritt, der wohl vom exzessiven Volleyballtraining kam. Jasmin Stahl ging die Königsstraße entlang und ahnte nicht, was ihr blühte. Denn im Gegensatz zu Paul hatte sie ihn noch nicht bemerkt.

So ein Zufall, dachte Paul und strebte auf die Kommissarin zu. Nürnberg ist eben auch nur ein Dorf.

Er hatte sie beinahe erreicht, als er begriff, dass Jasmin nicht allein unterwegs war. An ihrer Seite ging ein Mann: groß, sportlich wie sie, um die vierzig, schätzte Paul. Der Jeans und der Lederjacke, vor allem aber dem Schnauzer nach zu urteilen ebenfalls ein Bulle. Paul kannte ihn nicht, Jasmin dafür umso besser. Die beiden gingen sehr eng nebeneinander. Paul, der sich bis auf wenige Meter herangepirscht hatte, bemerkte, wie sich ihre Hände immer wieder wie zufällig berührten. Jasmin war gut aufgelegt, wirkte ausgelassen und lächelte unentwegt. Vor einem Schaufenster blieb das Paar stehen. Während er ihr etwas zeigte, legte er seinen Arm um Jasmins Taille. Sie ließ es geschehen.

Hab ich dich erwischt, dachte Paul und beobachtete die Turteltäubchen. Der Mann schien ziemlich von sich überzeugt zu sein. Paul fand, dass Leute mit Schnurrbärten Arschlöcher waren. Sie hatten etwas zu verbergen. Außerdem waren Bärte unhygienisch. Aber der hier war wenigstens gepflegt und gestutzt. Kurzerhand stellte sich Paul neben die beiden.

»Paul?« Jasmins Dauergrinsen fiel augenblicklich in sich zusammen.

Auch ihr Begleiter wirkte wenig erfreut über Pauls Erscheinen. Sofort zog er seinen Arm zurück und sagte: »Ich muss dann mal wieder.«

Ehe Jasmin ihn aufhalten konnte, war der Lederjackentyp in der Menge verschwunden. Sie sah Paul an. »Schön, dich zu sehen«, sagte sie mit einem Gesicht, das ihre Worte Lügen strafte.

»Ja, freut mich auch«, entgegnete Paul und meinte es sogar ehrlich. »Dein neuer Freund?«

»Das war rein dienstlich.« Jasmin wirkte sauer. »Du weißt, dass ich liiert bin.«

»Ja klar!« Paul schlug sich demonstrativ mit der flachen Hand auf die Stirn. »Dein Stararchitekt, der dich in seiner schicken Penthouse-Wohnung leben lässt. Mit allem Komfort, sogar einem eigenen Fitnessraum. Wie konnte ich das vergessen?« Er senkte den Blick und sagte leise: »Das wäre ja zu dumm, wenn er von dem anderen Kerl erfährt.«

»Was willst du?«, giftete Jasmin ihn an.

»Dich einladen!« Paul zeigte in Richtung der Pegnitz. »Da drüben ist die *Mischbar*. Lass uns dort einen Kaffee trinken. Oder du kriegst einen Smoothie. Auf jeden Fall alles bio, darauf legst du doch Wert.«

»Okay«, gab sie nach. »Gehen wir.«

In der kleinen hippen Bar, mitten in der City und doch versteckt gelegen, saßen einige junge Pärchen und eine Gruppe von vier Frauen, trotzdem fanden Paul und Jasmin eine Ecke, in der es sich ungestört plaudern ließ.

»Wer war denn das?«, erkundigte sich Paul, nachdem sie ihre Bestellung aufgegeben hatten. »Ein Kollege?«

Jasmin nickte.

Paul wagte es, die nächste Frage zu stellen: »Jetzt mal ehrlich: Läuft da was?«

»Wenn's so wäre, würde es dich nichts angehen«, fauchte Jasmin.

»Schon gut«, wiegelte Paul ab. »Mir kann es ja egal sein. Was allerdings dein Stararchitekt davon halten würde ...«

Jasmins Augen verengten sich zu Schlitzen. »Du hast jetzt nicht ernsthaft vor, mich zu erpressen, oder?«

Paul spielte den Überraschten. »Nach dem Motto: mein Schweigen gegen deine Insiderinfos?« Er sah sie unschuldig an. »Ich muss zugeben: Die Versuchung ist groß.«

»Das kannst du nicht bringen!«

Paul setzte sein entwaffnendes Lächeln auf. »Nein, das kann ich wirklich nicht. So gut solltest du mich kennen, Jasmin: Ich würde dich niemals verraten.«

Jasmins Gesichtszüge hellten sich auf. »Versprochen?«

»Versprochen. Außerdem weiß ich ja gar nichts über dich und –«

»Jürgen.«

»Alles gut. Von mir hast du nichts zu befürchten.«

Paul konnte zusehen, wie Jasmin sich entspannte. Beide nippten an ihren Getränken, hingen ihren Gedanken nach und schwiegen.

Dann beugte sich Jasmin zu Paul vor und sagte sehr leise: »Erpressung.«

Paul schüttelte den Kopf. »Nein, ich sagte doch: Ich will dich nicht erpressen. Ich habe dich bloß ein wenig gefoppt.«

Jasmin wischte seinen Einwand beiseite: »Die Kärwageschichte: Es geht um Erpressung.«

»Wie bitte?«, fragte Paul und war baff.

Jasmin sah sich um und vergewisserte sich, dass ihnen niemand zuhören konnte. »Die Stadt wird erpresst. Jemand fordert eine beträchtliche Geldsumme dafür, dass er seine Störaktionen bei den Kirchweihfesten einstellt.«

»Donnerwetter! Was ist die Strategie der Polizei?«

»Zunächst einmal gehen wir nach der üblichen Verfahrensweise vor: Man sensibilisiert die Kräfte vor Ort und nimmt eine Gefährdungseinschätzung vor, aus der gegebenenfalls konkrete Maßnahmen abgeleitet werden können.«

»Das heißt im Klartext?«

»Bisher hatte der Unbekannte relativ harmlose Methoden gewählt, um seine Forderung durchzusetzen: Abführmittel und kleine Kieselsteine im Essen. Und ein paar

Stinkbomben. Daher wurde die Angelegenheit nicht besonders ernst genommen. Diese Einschätzung hat sich nun aber geändert.« Paul hing an ihren Lippen, als sie fortfuhr: »Mit den Scherben im Kraut hat er eine Grenze überschritten: Das kann als gefährliche Körperverletzung oder sogar Mordversuch gewertet werden, meint deine Frau.«

»Seid ihr denn überhaupt sicher, dass all diese Störaktionen in einem Zusammenhang stehen und von ein und derselben Person ausgehen?«

»Ja«, sagte Jasmin. »Unser Erpresser ist ziemlich mitteilungsbedürftig. Er hat Bekennerschreiben hinterlassen.«

»Im Ernst?«

»Ja, der Täter, ob Mann oder Frau, hat sehr klare Vorstellungen von dem, was er will. Und er lässt keine Zweifel daran aufkommen, dass das alles erst der Anfang ist. Sollte seine Forderung nicht erfüllt werden, ist er bereit, aufs Ganze zu gehen. Dann gibt es Tote.«

»Hat er das so geschrieben?«

»Leider ja«, sagte Jasmin. »Nun verstehst du vielleicht, warum alle so nervös sind und unbedingt verhindern wollen, dass etwas an die Öffentlichkeit dringt.«

Paul nickte. »Was hat es mit diesen Bekennerschreiben auf sich? Wurden sie auf der jeweiligen Kärwa hinterlegt?«

»Nein. Die beiden Schreiben, die bislang bekannt sind, wurden am Rathaus eingeworfen.«

»Gibt es schon einen Verdacht, wer dahinterstecken könnte?«

»Nein, nicht wirklich«, räumte Jasmin ein. »Aber es muss jemand sein, der die Abläufe eines Kärwabetriebs gut kennt und weiß, wo und wann er unerkannt agieren kann.«

»Was, wenn ihr ihn nicht bald kriegt? Wie soll es dann weitergehen?«

»Unsere Leute prüfen die Spurenlage und bewerten, wie groß die Gefahr ist. Dafür brauchen sie Zeit. Doch genau daran hapert es, denn der Erpresser hat mit seiner Scherbenattacke gezeigt, dass er ein ungeduldiger Mensch ist.«

»Das beantwortet meine Frage nicht.«

»Dann lass dir sagen, dass wir alles daransetzen, diesen Mistkerl zu erwischen – oder diese Bitch.« Nach einer Pause fügte sie hinzu: »Wir hoffen, dass der Oberbürgermeister nicht frühzeitig die Reißleine zieht. Denn es liegt letztlich an ihm, die Sache laufen zu lassen oder aber alle weiteren Feste abzusagen.«

»Die Kärwasaison schon in der ersten Juniwoche zu beenden, würde sicher Proteste auslösen«, meinte Paul. »Eine solche Entscheidung kostet Wählerstimmen ohne Ende.«

»Absolut deiner Meinung. Auf der anderen Seite würde der OB es niemals zulassen, dass Menschenleben in Gefahr gebracht werden. Das Ganze ist heikel – ich möchte nicht in der Haut des Hauptverantwortlichen stecken. Deshalb tun wir alles Menschenmögliche, um den Fall schnell und diskret abzuwickeln.« Sie senkte den Ton, als sie hinzufügte: »Es ist nicht das erste und sicher auch nicht das letzte Mal, dass so etwas passiert. Das Phänomen der Supermarktvergifter beschäftigt die Kollegen in anderen Städten immer wieder, und unser Fall ist ja ganz ähnlich gelagert: Da meinen manche, ein Vermögen erpressen zu können, indem sie Lebensmittel präparieren. Meistens werden sie sehr bald gefasst, ohne dass es großartig bekannt wird. Aber es gilt eben immer abzuwägen zwischen dem Schutz der Kunden und der Chance, jemanden auf frischer Tat zu ertappen.«

Paul übernahm wie versprochen die Rechnung. Als sie die *Mischbar* verlassen hatten, erkundigte er sich: »Warum hast du deine Meinung geändert?«

Jasmin sah ihn fragend an.

»Na, dein Dienstgeheimnis«, half Paul ihr auf die Sprünge. »Weshalb hast du es mir doch verraten? Bloß weil ich ein bisschen rumgeblödelt habe?«

Jasmin neigte den Kopf. »Dienstgeheimnis?«, fragte sie neckisch. »Ich wüsste nicht, dass wir uns über irgendetwas Dienstliches unterhalten hätten.«

Paul verstand und drückte ihr ein Abschiedsküsschen auf die Wange. »Danke.«

»Gern«, sagte Jasmin. »Und damit wir uns richtig verstehen: Von einem Jürgen hast du nie etwas gehört oder gesehen.«

»Jürgen? Wer soll das sein?«

Paul ließ sie ziehen und freute sich über ihre Offenheit, die er aber auch nicht überstrapazieren wollte. Nun, da er deutlich mehr wusste, kam er wieder auf seinen ursprünglichen Gedanken zurück, seine Stieftochter einzuspannen. Einen Versuch war es wert. Doch das würde er besser nicht übers Knie brechen. Er würde einen günstigen Moment abwarten, um sie zu seiner Komplizin zu machen.

Paul hatte Jürgen verschreckt, ganz klar. Der würde es so bald nicht mehr wagen, ihr Avancen zu machen, dachte sich Jasmin, während sie nachdenklich durch die Stadt bummelte. Schade eigentlich. Zwar lebte sie in einer festen Beziehung. Um die Liebe ihres Lebens handelte es sich bei ihrem derzeitigen Partner allerdings nicht. Jasmin betrachtete diese Liaison eher als eine Art Zweckgemeinschaft. Während sie den jugendlich frischen Part in ihre Bindung einbrachte, sorgte er für gehobenen Lebensstandard. Man konnte es auch Luxus nennen – und zwar einen, den sie sich mit ihrem Beamtengehalt nicht leisten konnte. Allein die Mietkosten würden den Großteil ihres Polizistensolds aufbrauchen, müsste sie diese allein tragen. Mit einem Job im öffentlichen Dienst ließen sich nun einmal keine großen Sprünge machen.

Sollte sie also besser die Finger von Jürgen lassen? Hatte Paul ihr quasi einen Gefallen getan, indem er ausgerechnet in dem Moment aufkreuzte, als der Kollege auf Tuchfühlung gegangen war? Jasmin seufzte, hin- und hergerissen zwischen Vernunft und Verlangen.

Apropos Paul ...

Ihre Gedanken waren mit einem Mal ganz klar: Das Gerede um Jürgen in Verbindung mit Pauls forschenden Fragen hatte sie unachtsam gemacht. Dadurch hatte sie sich wieder einmal dazu hinreißen lassen, über ihre Arbeit zu plaudern. Hatte sie zu viel gesagt?

»Brotkrumen«, hatte Hauptkommissar Schnelleisen ihr eingeschärft. Für Paul durften diesmal nur Brotkrumen abfallen. Sie musste künftig unbedingt vorsichtiger sein.

5

Hannah hatte das Kinn auf ihren gefalteten Händen abgelegt. Ihre dunkelblonden Haare kringelten sich auf der Stirn und verdeckten zum Teil auch ihre Augen, sodass Paul Mühe hatte, aus ihren Blicken zu lesen.

Sie saßen sich am Frühstückstisch gegenüber. Hannah hatte letzte Nacht in Katinkas und Pauls Wohnung an der Kleinweidenmühle übernachtet, weil sie nach zwei Gläsern Wein, die sie während des Gesprächs mit ihrer Mutter getrunken hatte, nicht mehr Auto fahren wollte. Nun war es halb neun am Morgen und Katinka längst auf dem Weg in den Justizpalast.

»Was ist?«, fragte Paul in das Dickicht der Haare hinein. »Bist du dabei? Kann ich auf dich zählen?«

Hannah ließ sich Zeit mit ihrer Antwort. Zunächst nahm sie sich eine Brötchenhälfte, die sie dick mit Erdnussbutter bestrich, und biss hinein. »Hättest du dich das auch fragen trauen, wenn Mama noch da wäre?«, fragte sie kauend.

»Hätte, hätte, Fahrradkette.«

Hannah wischte sich die Krümel vom Kinn. »Na klar. Ich mache mit. Weil es nicht sein kann, dass man uns als quasi Betroffene im Regen stehen lässt und von allen Informationen abschneidet.«

»So kenne ich mein Stieftöchterchen!« Paul quittierte ihre Zustimmung mit einem stolzen Lächeln. »Trotzdem muss ich wissen: Dir ist klar, dass du dich damit gegen deine Mutter stellst?«

»Es ist ja auch in ihrem Interesse, wenn wir uns an der Suche nach dem Verantwortlichen beteiligen. Sie ist es doch, die beinahe eine Scherbe geschluckt hätte. Im Grunde genommen tun wir ihr einen Gefallen.«

Das war die Gewitztheit, die Paul so an ihr schätzte. Genau wie er wollte sie sich nicht aufs Zuschauen beschränken lassen. Auch diesmal nicht. Er hatte also in Hannah wieder eine Verbündete.

»Du willst es also als Erstes im Grundstücksamt versuchen?«, fragte sie.

»Ja. Man hat mir gesagt, dass wir dort an der richtigen Adresse sind. Kennst du da jemanden?«

»Natürlich«, antwortete Hannah. »Wir vom Kulturamt haben alle naselang mit den Kollegen zu tun. Bei fast allen Veranstaltungen sind die irgendwie beteiligt und geben ihren Senf dazu. Der zuständige Sachbearbeiter für die Vergabe von Festplätzen heißt Hübscher. Ein echter Sesselfurzer, aber einer, der sich auskennt. Ist schon ewig dabei.«

»Na dann ...«, sagte Paul und krempelte die Ärmel hoch. »Worauf warten wir?«

Hannah zögerte kurz. »Die Sache ist etwas komplizierter. Soweit ich weiß, gibt es nämlich zwei Kärwazonen: den städtischen Innenbereich, der sich auf das klassische Stadtgebiet ohne Eingemeindungen bezieht. Hier ist das Grundstücksamt zuständig. Dann ist da noch der städtische Außenbereich mit Neueingemeindungen wie zum Beispiel Neunhof, Altenfurt, Fischbach oder Brunn. Das fällt dann in den Aufgabenbereich der jeweiligen Bürgerämter. Andererseits: Da die Flächen meistens der Stadt gehören, ist am Ende auch da wieder das Grundstücksamt im Boot. Das gilt auch für viele Kärwas, die von privaten Veranstaltern oder Vereinen durchgeführt werden.«

»Jetzt hörst du dich selbst an wie ein Sesselfurzer«, flachste Paul. »Wie gut kennst du denn diesen Hübscher? Meinst du, er würde uns helfen?«

Hannah schob den Stuhl zurück und stand auf. »Überlass das ruhig mir: Wenn ich ihn nett bitte, dann redet er.«

Paul sah sie erstaunt an. »Willst du gleich loslegen?«

»Du bist es doch, der drängt! Also los!«

»Und deine Arbeit? Schwänzt du heute?«

»Ich hab einen Abendtermin und kann deswegen später anfangen. Auf geht's, besuchen wir Hübscher, bevor er in die Frühstückspause geht.«

In der Stadt öffneten gerade die Geschäfte. Der Lieferverkehr machte den ersten Kunden Platz, die in Kaufhäusern, Drogerien oder Schuhgeschäften verschwanden. Eilige, die vor der Arbeit ihre Einkäufe erledigen wollten, Mütter oder Väter mit Kinderwagen und Senioren, die froh zu sein schienen, der häuslichen Einsamkeit zu entrinnen.

Paul nahm die erwachende Stadt nur am Rande wahr, als sie auf ihr Ziel zusteuerten: die Mauthalle. Die Morgensonne tauchte den klotzigen Bau in ein mildes Licht und ließ die Sandsteinfassade in freundlichen Rosatönen schimmern. Der einstige Kornspeicher, um 1500 von Hans Behaim erbaut, hatte zunächst zur Versorgung der Nürnberger Bevölkerung gedient. Eine zweite Funktion kam, wie Paul recherchiert hatte, wenige Jahrzehnte später hinzu: Das städtische Zollamt zog ein. Von nun an wurden hinter den dicken Mauern Waren aus aller Welt kontrolliert und gewogen. Heute verköstigte man hier Massen von Touristen, es gab Läden und Büros – und eben das Grundstücksamt.

Hannah ging voran und führte Paul durch die Gänge und Flure. Im Vorbeigehen las er die Schilder neben den Türen. An dem mit der Aufschrift *H. Hübscher* blieben sie schließlich stehen. Hannah klopfte kurz und trat ein, ohne auf ein »Herein« zu warten.

Am Schreibtisch saß ein schmächtiger Mann mit Sorgenfalten im Gesicht. Er war schätzungsweise fünfzig Jahre alt, Brillenträger und hatte braungraues Haar. Leicht gebeugt und von blassem Teint machte er auf Paul den Eindruck eines lichtscheuen Beamten. Vor ihm lagen ein halbes Dutzend aufgeschlagene Aktenordner. Fehlten nur noch die Ärmelschoner am Jackett. Wie Hannah ganz richtig bemerkt hatte: ein Sesselfurzer. Die wenig originelle Gestaltung seines Büros passte gut ins Bild.

Hübscher rückte seine Brille zurecht und setzte gerade an, die beiden ungebetenen Gäste zurechtzuweisen. Dann aber erkannte er in Hannah eine Kollegin, und alles schien in Ordnung zu sein.

»Ach, Frau ...«, begann er.

»Blohm«, half ihm Hannah auf die Sprünge.

»Natürlich, Frau Blohm«, sagte Hübscher und tippte sich an die Stirn. »Kollegin Blohm vom ...«

»Kulturamt.«

»Richtig. Womit kann ich dienen zu so früher Stunde?«

Hannah zog sich einen Besucherstuhl heran und gab Paul ein Zeichen, das Gleiche zu tun. Sie setzte sich und sagte forsch: »Wir brauchen Infos aus erster Hand. Bei Ihnen sind wir doch richtig, oder?«

»Infos ...« Hübscher hob die Brauen. »Generell ja. Das heißt ... – worum geht es denn eigentlich?«

»Um ein Projekt«, behauptete Hannah. »Wir bauen da ganz auf Ihre Unterstützung. Sie wissen ja: Meine Chefin, Kulturreferentin Professor Doktor ...«

»Ja, ja, selbstverständlich kenne ich Ihre Vorgesetzte.«

»Dann wissen Sie ja auch, wie ungeduldig sie mitunter sein kann, wenn es um die Umsetzung gewisser Projekte geht.«

Bildete Paul sich das bloß ein, oder standen da plötzlich winzige Schweißperlen auf der Stirn des Sachbearbeiters? Die Dame schien ja recht gefürchtet zu sein.

»Kurz gesagt geht es um die Tradition der Nürnberger Kärwas. Sie sind der Experte auf diesem Gebiet, heißt es.«

»Das ist vielleicht etwas übertrieben.« Hübscher senkte den Blick. »Aber wenn die Referentin der Ansicht ist ...«

»Dann lassen Sie uns bitte an Ihrem Wissen teilhaben. Für unser Projekt muss ich so viel wie möglich darüber recherchieren.«

Hübscher sah sie etwas ratlos an. »Wo soll ich denn beginnen?«

»Am besten am Anfang«, meinte Hannah und lehnte sich zurück. »Wir möchten einen Überblick bekommen, interessieren uns aber auch für Details. Zum Beispiel für die Entstehungsgeschichte oder dafür, welche Bräuche sich um die fränkische Kärwa ranken. Alles kann wichtig sein.«

»Die Materie ist recht komplex. Haben Sie denn genügend Zeit mitgebracht?«

»Nur zu! Ich brauche den gesamten Background.«

»Den Background also. Nun ...« Er holte Luft. »Sie wissen ja um die Vielfalt der Nürnberger Kärwakultur. Die Herkunft ist bis heute nicht abschließend erforscht. Die Bezeichnung ›Kirchweih‹ legt nahe, dass sie auf den Weihetag der jeweiligen Ortskirche zurückgeht. Aber es feiern ja auch Gemeinden beziehungsweise Stadtteile, die gar keine eigene Kirche haben. Was darauf schließen lässt, dass es eine andere Erklärung geben muss. Vielleicht hilft der Begriff ›Kärwa‹ an sich weiter, der vom altdeutschen Wort ›keren‹ oder ›küren‹ abgeleitet sein könnte, was so viel bedeutet wie ›schreien‹ oder ›gröhlen‹ und auf ein ausgelassenes, lautstarkes Fest hinweisen könnte.«

Paul und Hannah wechselten einen kurzen Blick. Das entsprach nicht wirklich dem, was sie hören wollten. Doch Hannah hatte ja um einen umfassenden Bericht gebeten, um unverdächtig zu wirken, daher mussten sie Hübscher noch ein wenig weiterreden lassen. Irgendwann musste er ja beim Hier und Heute ankommen.

»Wo auch immer die wahren Ursprünge liegen – womöglich schon in heidnischen Zeiten – eines ist gleich geblieben: Die Obrigkeit spielte stets eine wichtige Rolle. Früher waren das Barone, Freiherrn oder Junker, und immer waren auch die kirchlichen Würdenträger dabei. Heute sind es die Politiker: vom Ortsvorsteher über den Bürgermeister bis hin zum Minister oder sogar Ministerpräsidenten. Auch am Ablauf hat sich über die Jahrhunderte kaum etwas verändert: Offizielle Eröffnung, Umzug zur Dorflinde oder Umrundung des Kirchweihbaums, dann wird gegessen, getrunken und gefeiert.«

»Gutes Stichwort«, schaltete sich Paul ein. »Essen und trinken – wie hat man das traditionell organisiert? Hat sich der örtliche Gastwirt darum gekümmert?«

Hübscher sah ihn bedeutsam an. »Das könnte man meinen, aber so einfach ist es schon lange nicht mehr. Oder nie gewesen. Es geht bei einer Kärwa nicht nur um die Volksbelustigung, sondern immer auch um Profit. Schon früher haben sich meistens mehrere Anbieter beworben, und das ist bis heute so geblieben. Außerdem wurden schon früh Regeln aufgestellt.«

»Was für Regeln?«, fragte Hannah.

»In alten Zeiten gab es den Begriff des Kirchweihschutzes, auch ›Kirchweihfriede‹ genannt. Darunter dürfen Sie sich eine Art Regelwerk vorstellen, an das sich Betreiber und Gäste zu halten hatten. Die Herrschaft wollte damit

Ausschreitungen vermeiden, indem sie Fehlverhalten bestrafte. Mit so einem Schriftstück legte sie aber auch genau fest, wer seine Stände beim Kärwatreiben aufbauen durfte und wer nicht. Die Obrigkeit kontrollierte durch strikte Vorgaben übrigens auch die Maße und Gewichte der Wirtsleute, denn wenn Betrügereien ruchbar wurden, konnte das ganz schnell den Volkszorn entfachen.«

»Das haben Sie schön gesagt«, meinte Hannah und griff nach ihrem Smartphone, das mit einem hellen »Ping« den Eingang einer Nachricht gemeldet hatte. Mit dem Handy in der Hand fragte sie: »Wie läuft das denn heute mit der Vergabe der Konzessionen? Ich nehme an, da darf auch nicht einfach jeder eine Theke aufbauen und ausschenken?«

»Natürlich nicht«, antwortete Hübscher und streckte den Rücken durch. »Das alles ist von langer Hand geplant. Das Grundstücksamt schaut schon im Mai in den Kalender des nächsten Jahres, wann die Patronatstage in den jeweiligen Kirchengemeinden anstehen. Nürnberg ist bekanntlich evangelisch, daher spielen die katholischen Heiligen bei den Kirchweihen kaum eine Rolle. Die Kirchweih findet üblicherweise am Wochenende nach dem Patronatstag statt. Wir schreiben die Kirchen aber sicherheitshalber vorher dazu an, im August des Vorjahres stehen die Termine in der Regel schon fest. Bis Anfang November können sich dann Schausteller und Gastronomen beim Grundstücksamt für die Kärwas bewerben, auf denen sie vertreten sein wollen. Anschließend gibt es für den Innenbereich eine gemeinsame Sitzung von Grundstücksamt und Schaustellerverband, bei der die Plätze und die Bewerbungen abgeglichen werden. Bei einem Überhang von Bewerbungen spricht der Schaustellerverband Empfehlungen aus.« Hübscher nahm Haltung an, als er hinzufügte: »Aber letztendlich entscheidet das Amt. Da habe ich natürlich ein Wörtchen mitzureden.«

»Natürlich«, sagte Hannah, die noch immer mit ihrem Smartphone herumfuchtelte. Paul fragte sich, warum sie es nicht endlich wieder wegsteckte.

»Die meisten Kärwaflächen sind im Besitz der Stadt Nürnberg und werden von uns verwaltet«, fuhr Hübscher fort. »Meine Kollegen arbeiten mir zu, aber am Ende muss eine Unterschrift unter jedem Papier stehen. Die stammt meistens von mir.«

»Die Vergabe der Lizenzen an die Schausteller erfolgt also über Sie?«

»Wenn Sie es so ausdrücken wollen: ja.«

»Nach welchen Kriterien wählen Sie aus, wer kommen darf und wer nicht?«, erkundigte sich Paul.

»Wie gesagt: Es gibt eine Bewerbungsprozedur. Sie können einen Antrag stellen, wir wählen dann in Abstimmung mit dem Verband so aus, dass am Ende eine ausgewogene Mischung des Angebots gegeben ist.«

»Dann müssen Sie ein ziemlich umworbener Mann sein«, mutmaßte Paul. »An einer solchen Konzession hängt sicher der ein oder andere Euro.«

»Daran hängen sogar eine Menge Euros: Eine große Kärwa lockt bei schönem Wetter Hunderte, wenn nicht Tausende Gäste an. Manche Betriebe machen in wenigen Tagen einen Großteil ihres Jahresumsatzes.«

»Hat schon mal wer versucht, Sie zu bestechen, um einen guten Standplatz zu kriegen?«, fragte Hannah neugierig.

Hübscher wirkte verhalten, als er sagte: »So etwas kommt vor, Kollegin. Aber das wissen Sie vielleicht auch aus eigener Erfahrung. Wir müssen da ganz strikt sein und demjenigen, der es probiert, die gelbe Karte zeigen. Versucht er es ein zweites Mal, gibt's die rote. Dann braucht er sich bei uns nicht mehr sehen zu lassen. Unsere hiesigen Betriebe kennen aber die Spielregeln und richten sich danach.«

Interessant, dachte Paul, und fand, es sei an der Zeit, auf ihr eigentliches Anliegen zu sprechen zu kommen: »Vorhin sagten Sie, dass die Obrigkeit früher überprüft hat, ob die Wirte bei den ausgegebenen Mengen schummelten. Wer ist heute dafür zuständig? Fällt das auch in Ihren Bereich?«

»Teils, teils«, lautete die Antwort. »Die Kontrollen bei den Schaustellern werden zwar durch das Grundstücksamt organisiert, das Ordnungsamt ist aber auch dabei, manchmal sogar das Gesundheitsamt. Die Fahrgeschäfte laufen über den TÜV.«

»Bei fast vierzig Kärwas haben Sie eine Menge Arbeit«, stellte Hannah fest.

»Ja, die Sommermonate haben es in sich«, bestätigte Hübscher. »Man bekommt es da wirklich mit allen möglichen Leuten zu tun: Schausteller mit Schieß- oder Losbuden und Fahrgeschäften, Festzeltbetreiber mit Brauereien, örtliche Musikvereine, Ensembles und Bands, Restaurationsbetreiber mit Zulieferern, Bürger, Bürgervereine, Lokal-, Landes- und Bundespolitiker, natürlich sind nach wie vor auch die Kirchen dabei, hinzu kommen Sponsoren ...«

»Ich möchte nicht mit Ihnen tauschen«, merkte Paul an.

»Wer möchte das schon. Bleiben Sie lieber beim Kulturamt«, entgegnete Hübscher, der automatisch davon auszugehen schien, dass es sich bei Paul ebenfalls um einen Kollegen handelte.

Der nickte und sagte so beiläufig wie möglich: »Dann hat Ihnen diese Pannenserie ja gerade noch gefehlt, was? Darauf würden Sie bestimmt gern verzichten.«

Hübscher sah ihn verwundert an. »Was meinen Sie?«, fragte er. Er schien nicht die geringste Ahnung zu haben, worauf Paul anspielte.

»Na ja«, sagte dieser und wurde deutlicher: »Ein Scherzbold, der Abführmittel unters Essen mischt, dann die Stinkbomben und zuletzt diese böse Sache mit den Scherben. Für Sie bedeutet das doch nichts als Ärger und Überstunden.«

An Hübschers Gesicht war abzulesen, dass Paul einen wunden Punkt getroffen hatte: Er strich sich mit der Hand übers spitze Kinn und schien unschlüssig zu sein, wie er reagieren sollte. Paul konnte sich denken, was im Kopf des Sachbearbeiters vorging: Konnte er die Kollegen aus dem Kulturamt ins Vertrauen ziehen? Waren sie über die Hintergründe informiert und wussten von dem Erpressungsversuch? Oder war den beiden bloß etwas über die Vorkommnisse zu Ohren gekommen, ohne dass sie Näheres über die Umstände wussten? Als Mann an der Front war Hübscher mit Sicherheit eingeweiht, vermutete Paul. Ebenso sicher erschien ihm, dass man Hübscher zum Schweigen verdonnert hatte.

Und tatsächlich gab sich ihr Gesprächspartner nun sehr reserviert: »Leider sind bei einer Kärwasaison Pannen nie ganz auszuschließen. Das wird bei Ihren Großveranstaltungen nicht anders sein. Idioten gibt es immer, ob im Festzelt oder bei der *Blauen Nacht*.«

Das war nicht die Antwort, auf die Paul insgeheim gehofft hatte. Doch weiter durfte er vorerst nicht gehen, wenn er sich nicht verdächtig machen und Hannah in eine ungünstige Lage bringen wollte. Denn das, was sie hier abzogen, war sicher nicht im Interesse von Hannahs Vorgesetzten. Also hieß es für sie: Rückzug.

Sie bedankten sich für Hübschers Auskünfte, wünschten ihm einen möglichst störungsfreien Kärwaverlauf und wollten gehen.

Doch so leicht kamen sie nicht davon. »Um was für ein Projekt handelt es sich eigentlich genau, für das Sie die Infos von mir benötigen?«, wollte Hübscher wissen und rückte seine Brille zurecht. Sein Misstrauen war offenbar geweckt.

»Das wissen Sie nicht?«, stellte Hannah die Gegenfrage. Wohl, um Zeit zu gewinnen, vermutete Paul.

»Nein«, sagte Hübscher und hielt Hannahs Blick stand.

»Liegt das denn nicht auf der Hand?«

Sie redet sich um Kopf und Kragen, dachte Paul, konnte Hannah jedoch nicht helfen.

»Ehrlich gesagt nicht«, entgegnete Hübscher und wirkte mit jeder Sekunde skeptischer.

»Es geht nicht um *ein* Projekt, sondern um *das* Projekt«, betonte Hannah und wirkte plötzlich ungemein selbstsicher.

»*Das* Projekt ...« Hübscher blickte sie fragend an.

Hannah beugte sich über seinen Schreibtisch und erklärte leise, aber deutlich: »Ich sage nur: Kulturhauptstadt 2025. Sie wissen ja, dass sich Nürnberg für diesen Titel beworben hat.«

»Ach, Sie meinen ...«

»Selbstverständlich spielt die Kärwatradition eine nicht unwesentliche Rolle, wenn es um Nürnbergs Kulturgeschichte geht. Doch das behalten Sie bitte für sich«, sagte Hannah und zwinkerte ihm verschwörerisch zu. »Feind hört mit.«

»Selbstverständlich«, versicherte Hübscher und wirkte beeindruckt.

Draußen vor der Mauthalle hielt sich Hannah die Hand vor den Mund und hustete kräftig.

»Alles okay?«, fragte Paul.

»Ja, aber dieser Bürohengst war so staubtrocken, dass es mir schon die ganze Zeit im Hals gejuckt hat.« Noch einmal räusperte sie sich übertrieben laut. »Kannst du dir so was vorstellen?«, fragte sie dann. »Ich meine: dein Leben lang zwischen Aktenordnern zu hocken und Däumchen zu drehen? Dieser Hübscher hat doch sicher schon als Lehrling hier angefangen, da war er gerade sechzehn, und hat dann jahrzehntelang bloß drögen Verwaltungsdienst geschoben. Monotonie, tagein, tagaus – und das zum mageren Tarifgehalt des öffentlichen Dienstes. Keine sonderlich attraktive Vorstellung.«

»Findest du?«, fragte Paul schmunzelnd. »Täusche ich mich oder arbeitest du nicht auch bei der Stadt?«

Hannah sah ihn empört an. »Ja, aber das ist etwas ganz anderes! Meine Aufgaben sind viel abwechslungsreicher, kreativer und ...«

»Und besser bezahlt?«, stichelte Paul.

Sie wandte sich ab. »Ach, vergiss es. Mit dir kann man ja nicht vernünftig reden.«

Paul setzte ein schiefes Lächeln auf, während sie in Richtung Germanisches Nationalmuseum schlenderten. »Viel haben wir ja nicht herausgefunden«, meinte er.

»Sehe ich anders.«

»Ach ja? Die Sache mit der Standvergabe klang zwar ganz interessant, aber sonst ...«

»Du sagst es: die Standvergabe! Damit haben wir doch erste Erkenntnisse zu einem möglichen Motiv gewonnen.«

»Suchen wir denn ein Motiv?«, bezweifelte Paul. »Wir haben schon eines: Die meisten Blutsauger handeln doch aus Gier. Sie wollen Geld. Worum sollte es einem Erpresser sonst gehen?«

»Aber irgendwie muss unser Täter ja auf die Idee gekommen sein, es ausgerechnet auf der Kärwa zu versuchen. Vielleicht steckt mehr dahinter. Zum Beispiel Rache.«

»Rache wofür?«, fragte Paul. »Weil jemand bei der Standvergabe leer ausgegangen ist?«

»Warum nicht? Es geht um richtig viel Umsatz, womit wir wieder bei deinem Lieblingsmotiv wären. Gerade bei kleinen Schaustellerbetrieben könnte die Existenz davon abhängen, ob sie den Zuschlag für eine Kärwa kriegen oder nicht.«

Paul fand diesen Ansatz zwar nicht schlecht, doch fragte er sich, was dieser Gedanke für ihr weiteres Vorgehen bedeutete. »Es gibt sicher zig Schausteller, die einen Korb bei der Vergabe bekommen. Woher sollen wir wissen, wer überhaupt betroffen ist? Klingt mir sehr nach der Suche der Stecknadel im Heuhaufen.«

Hannah wirkte deutlich optimistischer. Sie führte Paul zu einer Bank in der Sonne. Von hier aus konnten sie eine Gruppe Skater beobachten, die mit ihren Boards über den Vorplatz des Museums flitzten, um sich mit gewagten Sprüngen gegenseitig zu übertrumpfen.

»Was soll das, Paul? Erst bittest du mich, dir beim Ermitteln zu helfen, und jetzt bremst du uns ein?« Sie nahm ihr Smartphone zur Hand und ging in ihre Fotosammlung.

»Was willst du mir zeigen?«, fragte Paul.

»Akten«, sagte Hannah und ließ Paul auf den kleinen Bildschirm schauen.

Er konnte Namen und Adressen erkennen, Daten und Skizzen. Ganz offensichtlich handelte es sich um ausgefüllte Antragsformulare. »Wo hast du die her?«

»Hokuspokus«, sagte Hannah und wischte über die Oberfläche des Handys. »Schau hier: Siehst du diese handschriftliche Anmerkung? Eine Absage, versehen mit dem Kürzel HH. Diesen Antrag hat Hübscher also höchstpersönlich abgelehnt. Ebenso wie diesen und auch diesen.«

Paul konnte es kaum glauben. »Hast du etwa heimlich mit deinem Smartphone ...«

»So what?« Hannah sah ihn aus großen Augen an. »Die Akten lagen ganz offen auf seinem Tisch.« Wieder wischte sie übers Display und zeigte Paul eine weitere Aufnahme. »Diese Ablehnung hat er sogar mit drei Ausrufezeichen versehen. Aus irgendeinem Grund hat der Bewerber besonders schlechte Karten bei Hübscher. Man kann wohl davon ausgehen, dass der Schausteller schon öfter einen ablehnenden Bescheid bekommen hat.«

»Und das macht ihn aus deiner Sicht verdächtig?«, fragte Paul, der mit dem Eifer seiner Stieftochter nicht ganz mithalten konnte.

Hannah zoomte den Namen des Antragstellers heran. »Eine ziemliche Sauklaue. Kannst du das entziffern?«

»Scheuer«, las Paul mit einiger Mühe. »Walter Scheuer. Inhaber einer Fischbraterei. Er hat sich für die Kärwas in Almoshof, Buch und St. Leonhard beworben.« Er sah auf. »Und nun?«

»Reden wir mit ihm!«, schlug Hannah vor. »Bei irgendwem müssen wir ja anfangen.«

»Wie denn?«, fragte Paul. »Und wo?« Ihm ging das alles viel zu schnell.

Erneut ließ Hannah ihre Finger über das Smartphone flitzen. »In Laufamholz!«, rief sie. »Da ist er mit seinem Fischstand dabei.«

»Ich dachte, Hübscher hätte ihm nur Absagen erteilt?«

»Für Almoshof, Buch und St. Leonhard ja, aber offensichtlich nicht für Laufamholz. Da darf er mit seiner Fischbude anrücken.«

»Aber damit ist dein Motiv entkräftet.«

»Nee, denn von einer Kärwa allein kann ja kein Mensch leben. Das Motiv bleibt bestehen. Basta.«

»Wenn du meinst ...«

»Ja, meine ich. Morgen geht's los. Der Umzug startet um 16:30 Uhr am SVL-Sportplatz, kommt auf dem Weg zum Laufamholzer Plärrer an der S-Bahn vorbei und endet am Kärwaplatz mit dem Baumaufstellen der Kärwaburschen.«

Zwar wollte Paul genau wie Hannah mehr über die Erpressung erfahren, doch er zweifelte an ihrem Ansatz. Dieses Vorgehen erschien ihm einfach zu beliebig und überstürzt. »Weshalb gerade Scheuer?«, fragte er. »Bloß weil seine Unterlagen zufällig auf dem Schreibtisch lagen?«

»Warum nicht Scheuer? Noch einmal: Irgendwo müssen wir ja anfangen!«

»Ich weiß nicht recht ...«

»Komm schon! Wo bleibt dein Ehrgeiz?«, fragte Hannah. »Hier steht, dass diesmal die Stadtbrauerei Spalt ausschenkt. Der Chef des Vorstandsvereins ist selbst Hobbybrauer und durfte beim Brauen des Festbieres dabei sein. Soll ganz was Feines sein.«

»Und du meinst, damit kannst du mich ködern?«

»Jep.«

6

Paul ließ es darauf ankommen. Nachdem er Hannah zur Arbeit geschickt hatte, ging er durch die Fußgängerzone und gönnte sich einen Kaffee am Ludwigsplatz – ein durchaus bewusst gewählter Ort. Während er das sommerliche Treiben genoss, verliebte Paare, eilige Geschäftsleute und spielende Kinder beobachtete, die im Brunnenwasser des Ehekarussells planschten, wartete er, bis es Mittag wurde. Dann machte er sich auf in Richtung Jakobsplatz, wo er Jasmin abzufangen hoffte. Denn er kannte einige ihrer Gewohnheiten. Statt in die Kantine zu gehen, holte sie sich ihren Salat und ihre Laugenbreze während der Sommermonate mit zuverlässiger Regelmäßigkeit beim Bäcker um die Ecke, um beides im Freien zu verzehren. So auch heute.

»So ein Zufall«, sprach Paul die Oberkommissarin an, kaum dass sie sich im Schatten eines Baums niedergelassen hatte. »Darf ich mich zu dir setzen?«

»Habe ich eine Wahl?«, fragte Jasmin und machte auf der Bank Platz.

Auch heute war sie lässig gekleidet. Mit ihren Sommersprossen und dem rötlichen Haar wirkte sie pfiffig und frech.

»Was willst du?«, fragte sie und stocherte in ihrem Salat.

»Den aktuellen Stand«, sagte Paul ganz offen. Warum sollte er sich auch verstellen?

»Ich habe schon zu viel gesagt. Als ich heute früh die Zeitung aufschlug, habe ich mit dem Schlimmsten gerechnet.«

»Aber du weißt doch, dass man sich auf mich verlassen kann.« Paul klang etwas enttäuscht.

»Ich weiß aber auch, dass Victor Blohfeld eine Nervensäge ist – und wie oft du deinen Freund triffst.«

»Blohfeld ist nicht mein Freund«, sagte Paul mit Nachdruck. »Du hörst dich so an, als würdet ihr ziemlich unter Druck stehen. Macht das Rathaus euch Dampf?«

»Nicht nur das Rathaus. Sagt dir der Name Kilian Höffkes etwas?«

Paul dachte kurz nach. Er hatte den Namen schon gehört, doch er konnte ihn nicht auf Anhieb zuordnen.

»Der Sprecher des Schaustellerverbandes«, half Jasmin ihm auf die Sprünge. »Ein Spezi der Stadtspitze. Höffkes will unter allen Umständen vermeiden, dass die Kärwasaison vorzeitig abgeblasen wird, denn das wäre ein enormer Verlust für die gesamte Branche. Er ist sich nicht zu schade, sich in der Sache sogar direkt an den Polizeipräsidenten zu wenden.«

»Höffkes liegt verständlicherweise daran, dass die leidige Angelegenheit schnellstmöglich aus der Welt geräumt wird, damit es ihm und seinen Kollegen nicht die Bilanz verhagelt«, folgerte Paul. »Habt ihr denn schon etwas erreicht?«

»Ich darf dir nicht sagen, was es Neues gibt. Ich habe mich schon viel zu weit aus dem Fenster gelehnt.«

»Es gibt also was Neues?«

Jasmin biss sich auf die Lippen, offenkundig verärgert darüber, dass sie sich verplappert hatte. »Von mir erfährst du gar nichts mehr. Die Angelegenheit ist wahrscheinlich sowieso bald ausgestanden.«

»Das heißt, ihr habt den Erpresser geschnappt?«, wollte Paul wissen.

»Ich habe ›bald‹ gesagt.«

Paul sah sie grübelnd an. »Das kann nur bedeuten, dass ihr ihm entweder auf der Spur seid oder sich die Stadt entschlossen hat zu zahlen.«

»So wird es wohl sein«, blieb Jasmin vage.

Paul rückte näher an sie heran. »Angenommen, ihr lasst euch auf eine Lösegeldzahlung ein. Wie würde das Ganze ablaufen?«

»Ich finde es immer wieder erstaunlich, mit welchen Methoden du mich auszuhorchen versuchst«, meinte Jasmin. »Aber gut, diese Frage kann ich dir ganz unabhängig vom aktuellen Fall beantworten: Ein Erpresser bemüht sich ja meistens, die Polizei herauszuhalten und das bei seinen Opfern durchzusetzen. Zum Beispiel bei Kidnapping: Da bangen die Angehörigen um das Leben des Entführten und halten sich deshalb leider oft an die Vorgabe, die Polizei aus dem Spiel zu lassen. Wird eine Firma oder eine Institution erpresst, kann der Täter aber in der Regel kaum verhindern, dass die Polizei eingeschaltet wird. Denn ein Unternehmen wie etwa eine Supermarktkette muss sich absichern, da am Schluss niemand persönlich verantwortlich sein oder gar haftbar gemacht werden möchte. Das ist dem Erpresser bewusst. Daher wird er eine besonders sichere Methode der Lösegeldübergabe wählen.« Jasmin pickte ein weiteres Salatblatt auf.

»Was wäre eine solche sichere Methode?«, erkundigte sich Paul.

»Du kennst doch bestimmt die legendären Aktionen von Kaufhauserpresser Dagobert. Ihm gelang es mehrere Male durch geschickte Tarnung und allerlei technische Hilfsmittel à la MacGyver an sein Geld zu kommen, ohne erwischt zu werden. Einmal baute er sogar ein Schienenfahrzeug, das seine Beute zu ihm brachte. Ein anderes Mal spannte er Stolperdrähte, die ihn warnten, wenn sich Polizisten näherten.«

»Du meinst, wir haben es mit einem ähnlich cleveren Erpresser zu tun?«

»Das habe ich nicht gesagt. Ich spreche hier rein hypothetisch.«

»Soso. Hypothetisch also«, sagte Paul augenzwinkernd. »Und wie kann ich mir – ebenfalls rein hypothetisch – die Übergabe in unserem Fall vorstellen? Wie geht ihr da vor? Rollt ihr die Scheine um Bratwürste und überreicht sie im Weggla? Oder werft ihr die Beute vom Kettenkarussell ab?«

»Deine Scherze waren schon mal besser, Paul. Dir dürfte klar sein, dass nicht die Polizei, sondern der Täter vorgibt, wie es läuft. Unsere Aufgabe ist es dann zu observieren, indem wir den Übergabeort beobachten. Wenn möglich, filmen wir die Übergabe und werten biometrische Merkmale aus. Denn selbst wenn der Täter verkleidet auftauchen sollte, können Haltung und Figur oder zum Beispiel auch die Hände Aufschluss über seine Identität geben. Oft sind es nämlich die Details, die ihn verraten: Experten können aus dem Knochenstand einer Hand ablesen, ob es sich um einen Mann oder eine Frau, einen Jugendlichen oder Erwachsenen handelt. Ganz abgesehen natürlich von der Hautfarbe, aus der man unter Umständen Rückschlüsse über die Herkunft ziehen kann.«

»Was macht ihr, wenn er euch trotz Observierung entwischt?«

»Man kann das Geld mit einem GPS-Sender bestücken. Der Sender führt einen allerdings bloß zum Geld und nicht zwangsläufig zum Täter. Wenn er die Beute an einem neutralen Ort versteckt und nicht sofort wieder abholt, bedeutet das für uns einen großen Aufwand. Dann muss man die Stelle tage- oder vielleicht sogar wochenlang beobachten. Womöglich kriegt der Täter kalte Füße und holt sich das Geld überhaupt nicht mehr.«

»Ich sehe schon: Ihr habt es auch nicht leicht.«

»Schön, dass du das endlich einsiehst.«

Paul stand auf. »Dann lass ich dich mal in Ruhe deine Mittagspause machen.«

»Zu spät. Ist eh gleich vorbei.«

»Na ja, so haben wir wenigstens mal wieder miteinander gequatscht. Apropos: Sagst du mir noch, wann und wo der Kärwaerpresser die Übergabe durchziehen will?«

Jasmin schenkte ihm einen müden Blick. »Wir haben ein bisschen ins Blaue geredet, Paul. Polizeitaktik im wahren Leben geht anders. Da lautet die oberste Regel nämlich, dass man sich nicht in die Karten schauen lässt. Schon gar nicht von einem Paul Flemming.«

Paul beschloss seinen Aufenthalt in der City zu nutzen, um in seinem Fotostudio am Weinmarkt vorbeizuschauen und nach dem Rechten zu sehen. Im oberen Stock eines Wohn- und Bürogebäudes gelegen, war dort seine umfangreiche Fotoausstattung untergebracht. Sein Equipment umfasste alles, was man zum professionellen Fotografieren benötigte, wenngleich vieles in die Jahre gekommen war.

Während Paul durch sein Atelier streifte, das ihm vor seiner Heirat mit Katinka auch als Wohnung gedient hatte, überkamen ihn sentimentale Gefühle. Er dachte an die Zeiten zurück, als sich hier noch die Kunden die Klinke in die Hand gegeben hatten. Für Porträtaufnahmen ebenso wie zum Posieren mit dem Haustier. In den mehr als drei Jahrzehnten seiner aktiven Tätigkeit als Fotograf hatte Paul fast alles vor die Linse bekommen. Sinnend stand er vor dem postergroßen Abzug einer hüllenlosen grazilen Schönheit, die er liebevoll auf den Namen »Die Mokkabraune« getauft hatte. Sein Spezialgebiet waren Akte gewesen. Hier hatte kein Weg an Pauls Fotostudio vorbeigeführt, denn er hatte sich einen Namen gemacht in der Szene, und dieser Name stand für Qualität statt Schund.

Doch das gehörte der Vergangenheit an. Schon lange hatte keine Frau mehr ihre Kleider abgelegt, um sich von ihm ablichten zu lassen. Und auch sonst blieben die Seiten in seinem Auftragsbuch an den meisten Tagen der Woche leer.

Er ließ sich auf das Sofa fallen, von wo aus er durch ein ovales Oberlicht in den blitzblanken Sommerhimmel blicken konnte. Ob es an der mangelnden Leidenschaft lag? Hatten die Kunden gemerkt, dass er nicht mehr richtig bei der Sache war – und ließ sich diese Nachlässigkeit am Ergebnis ablesen?

Während er sich seine letzten Bilderserien ins Gedächtnis rief, musste er einsehen, dass sie längst nicht mehr die Ausdruckskraft und Kreativität älterer Werke verströmten. Er hatte merklich nachgelassen, was sich deutlich in den rückläufigen Einnahmen niederschlug und ihn mehr und mehr vom Geldtropf seiner Frau abhängig machte.

Paul musste sich ernsthaft fragen, ob er das Steuer noch einmal herumreißen konnte. Ob es ihm gelingen würde, seine alte Stärke als Fotograf zu reaktivieren und wieder neue Kunden zu gewinnen.

Doch er kannte die Antwort längst. Sein inneres Feuer brannte für etwas anderes: für das Lösen vertrackter Fälle. Je schwieriger, desto besser. Auch hier stand für ihn Qualität an oberster Stelle, weshalb ihm Hannahs Art, die Dinge anzugehen, nicht sehr behagte. Sie handelte schlichtweg zu impulsiv und musste noch viel lernen. Er würde sich bemühen, ihr ein guter Lehrer zu sein.

Gedankenversunken verließ er das Studio und trat den Heimweg an.

Gegen sechs – Paul hatte sich eigentlich auf einen ruhigen Abend eingestellt – schneite Hannah überraschend herein.

»Kati ist noch nicht zu Hause, und ich habe nichts gekocht«, sagte er vorsichtshalber.

»Kein Hunger«, meinte Hannah und fläzte sich aufs Sofa. »Schon was vor heute Abend?«

»Äh, eigentlich ...«

»Wir suchen doch Verdächtige, gell? Dann lass uns nach Neunhof fahren!«

»Was sollen wir denn in Neunhof?«

Zielsicher griff Hannah unter den Couchtisch und hielt ihm den Veranstaltungsteil der Tageszeitung vor die Nase. »Da läuft heute eine Bürgerversammlung. Lauter wütende Kärwafans machen der Stadtverwaltung Druck, weil die Kärwaumzüge verboten werden sollen. Ein Sakrileg! Da kocht der Volkszorn.«

Paul dämpfte ihren Elan, indem er hinterfragte: »Inwiefern könnten wir bei der Bürgerversammlung Verdächtige finden? Die Anwesenden wollen doch sicher, dass alles wie gewohnt stattfindet. Im Gegensatz zum Täter, der Chaos verbreitet und einen reibungslosen Ablauf gefährdet, ja sogar stärkere Sicherheitsvorkehrungen nötig macht. Bei der Bürgerversammlung finden wir also keine Verdächtigen, sondern lauter Unverdächtige. Oder sind wir jetzt schon so weit, dass wir einfach losstürzen, ohne vorher nachzudenken?«

»Ist das denn nicht eine super Möglichkeit, das Umfeld der Kirchweihen zu sondieren und möglichst viele beteiligte Gruppen kennenzulernen, um zu begreifen, wer und was bei den Kärwas alles zusammenwirkt?«

Das stimmte natürlich, musste Paul einräumen. Außerdem wollte er ihre Initiative nicht schon im Keim ersticken. Er überflog den kurzen Text und rieb sich das Kinn. »Um neunzehn Uhr soll's losgehen. Das können wir noch schaffen.«

»Also dann: Worauf warten wir noch?«

Die Sporthalle, in die der Vorstadtverein Nürnberg-Nord eingeladen hatte, war gestopft voll. Alle Stühle waren belegt, etliche weitere Besucher lehnten an den Wänden. Paul schätzte die Teilnehmerzahl auf mindestens acht-, wenn nicht sogar neunhundert. Die Stimmung war geladen, und der einsame Rathausvertreter hinter dem Rednerpult tat Paul leid.

»Immer mehr Vorschriften, immer weniger Freiheit«, ereiferte sich eine Frau mittleren Alters neben ihm. »Die machen unsere schönen Kärwas kaputt.«

»Wer?«, wollte Paul wissen.

Ein Mann mit rosigen Wangen antwortete anstelle der Frau: »Die Großkopferten aus der Politik! Haben Sie das nicht mitbekommen? Uns wurden haufenweise neue Verordnungen aufgebürdet. Alles wird reglementiert, eingeschränkt oder verboten. Ein Schlag ins Gesicht!«

Paul wollte es genauer wissen und bekam Antworten vom Sprecher des Vorstadtvereins, der soeben ans Mikrofon trat. »Unsere Kirchweihen stehen auf der Kippe! Sollte die Kommune die neuen Richtlinien tatsächlich durchsetzen, sind die Festumzüge nicht mehr zu machen. Denn die Auflagen sind für uns unerfüllbar. Neben der Abnahme der Festwagen durch Sachverständige soll künftig jedes einzelne Fahrzeug von zwei Ordnern begleitet werden, auf jeder Seite einer. Und zwar jeweils pro Zugmaschine und Anhänger. Bei siebzig Wagen wie hier in Neunhof wären zweihundertachtzig Ordner erforderlich. Wo sollen die alle herkommen? Ein bürokratischer Wahnsinn!«

Tosender Applaus. Paul warf Hannah einen Blick zu, die dem Redner aufmerksam zuhörte.

»Dazu kommen die Kosten: achtzig Euro Prüfgebühr für jeden Festwagen. Ich frage mich: Wer soll das bezahlen? Unsere Kirchweihen sind ehrenamtlich organisiert. Und lassen sich die Prüfungen im engen Zeitplan vor den Umzügen überhaupt unterbringen? Sicher nicht.«

Der Mann neben Paul stupste ihn an: »Letztes Jahr haben wir neun Kärwabuben auf einen Stahlträger gesetzt und mit einem Baggerarm nach oben gehievt. Eine Hommage an die berühmte Fotografie von der Mittagspause auf dem Wolkenkratzer aus dem New York der Dreißigerjahre. Kam richtig gut an, wäre jetzt aber nicht mehr machbar. Jammerschade.«

Paul nickte und richtete seine Aufmerksamkeit wieder aufs Rednerpult. Dort versuchte sich jetzt der Rathausvertreter mit einer Gegenrede: »Es handelt sich um bundesgesetzliche Vorgaben, keine einzige Maßnahme ist von der Stadt Nürnberg verschärft worden.«

Wie zu erwarten, kassierte der Beamte Pfiffe und Buhrufe. Eine aufgebrachte Frau aus dem Publikum schrie nach vorne: »Bei acht Kirchweihen im Norden gibt es Festumzüge, in Almoshof, Buch, Boxdorf, Großgründlach, Kraftshof, Schnepfenreuth, Ziegelstein und hier in Neunhof. Wollen Sie die alle abschaffen?«

»Von Abschaffen war nie die Rede«, rechtfertigte sich der Mann am Mikrofon und lockerte seine Krawatte. »Aber die bestehende Gesetzeslage lässt sich nicht einfach ignorieren. Sicherheit geht nun einmal vor.«

Eine weitere Wortmeldung aus dem Publikum unterbrach seine Rede. Ein Vertreter des Bürgervereins Alt-Gründlach stellte die provokante Frage: »Warum bewirbt sich Nürnberg als Kulturhauptstadt, wenn es gleichzeitig unser altes Brauchtum kaputtmacht?«

»Und was ist mit der Jugendarbeit?«, rief eine Mutter, deren halbwüchsige Kinder neben ihr saßen: »Junge Menschen lernen bei der Vorbereitung der Umzüge Verantwortungsbewusstsein, Respekt und Organisationstalent. Zählt das denn gar nicht mehr?«

»Doch, doch«, bemühte sich der Rathausmann um Schadensbegrenzung, kam aber kaum noch durch. Immer wieder gab es Zwischenrufe, Unruhe breitete sich aus.

»Wir arbeiten monatelang auf einen Umzug hin«, sagte jemand in der ersten Reihe. »Die Züge dürfen ihren authentischen Charakter nicht durch überflüssige Bürokratisierung verlieren.« Neben ihm wurden Plakate und Schilder nach oben gehalten, auf denen Slogans wie *Für ein lebendiges Dorfleben!* und *Für Tradition!* standen.

Dann wurde das Klima schlagartig rauer: »Wir lassen uns das nicht gefallen!«, rief ein Jugendlicher, wohl selbst ein Kärwabursche.

»Man sollte denen mal einen Denkzettel verpassen!«, brüllte ein anderer.

Zwar rief der Sprecher des Bürgervereins zur Mäßigung auf, doch Paul spürte, dass nicht viel fehlte: Ein kleiner Funke wäre in der Lage, eine Massenschlägerei zu entfachen.

Nach langer, hitziger Debatte löste sich die Menge allmählich auf. Paul beobachtete den Rathausvertreter, wie er sich mit einem Taschentuch die Stirn tupfte und das Jackett ablegte. Sein Hemd war schweißdurchtränkt.

An Hannahs Seite verließ Paul die Turnhalle und war froh, wieder an der frischen Luft zu sein.

»Hast du's gehört?«, fragte Hannah. »Einer hat von Denkzetteln geredet. Ist es nicht genau das, was gerade passiert? Der Kärwaschreck verteilt doch auch Denkzettel.«

»So könnte man es deuten«, stimmte Paul zu. »Aber nach allem, was wir bisher wissen, verfolgt er andere Ziele als diese Leute hier. Wie ich vorhin schon sagte: Die möchten doch bloß ihre Tradition erhalten – aber der Erpresser will Bares sehen.«

»Selbst, wenn wir Mister oder Misses Unbekannt hier nicht finden, sind wir trotzdem ein Stückchen schlauer geworden«, hielt Hannah dagegen. »Es brodelt in der Szene, und wer weiß, ob hinter den Anschlägen nicht doch mehr steckt als bloße Profitgier.«

Paul war sich selbst nicht sicher, meinte dann jedoch: »Vielleicht hast du recht. Ich fürchte, wir sind mit unserer Suche noch lange nicht am Ende.«

Hannah sah das wohl als Ansporn. »Dann machen wir gleich morgen weiter!«

7

Langsam wurde er zum Kärwa-Experten: Als Paul am folgenden Tag auf dem Festplatz in Laufamholz ankam, nahm er die Abläufe und Gegebenheiten mit anderen Augen wahr. Auch hier stand ein großes Zelt, aus dem zünftige Blasmusik schmetterte. Auch hier hatte zum Auftakt die Dorfjugend um den festlich dekorierten Baum getanzt. Auch hier boten diverse Buden und Stände Deftiges und Süßes an oder luden zum Dosenwerfen und Angeln von Spielzeugentchen ein. Ein Plakat kündigte musikalische Highlights wie den Auftritt des Störzelbacher Trios und einen DJ als Stimmungskanone an, es gab den »Betzn-Austanz«, und für den Schluss war sogar ein Feuerwerk angekündigt. Das alles in gediegener Umgebung: Auf der einen Seite plätscherte die Pegnitz, auf der anderen standen schmucke Einfamilienhäuser vor der Kulisse des Lorenzer Reichswalds. Ein fränkisches Vorstadtidyll. Jeder normale Festbesucher hätte sich einfach ins Vergnügen gestürzt und gefeiert, für Paul dagegen hatten die Kärwas ihre Unschuld verloren. All der unbekümmerten Heiterkeit zum Trotz witterte er Ärger und Gefahr.

Er wartete darauf, dass Hannah aufkreuzte, die heute extra früh Feierabend machen wollte, wobei er sich etwas darüber wunderte, wie sie die vielen Fehlzeiten mit ihren Pflichtstunden unter einen Hut brachte. Aber egal, seine Sorge sollte das nicht sein.

In diese Überlegungen hinein erschien eine Meldung auf seinem Smartphone: Hannah schrieb, dass sie sich verspäten würde. Dann herrschte in ihrem Büro wohl doch nicht ganz so ein Laisser-faire, wie er unterstellt hatte.

Die gewonnene Zeit kam Paul gerade recht, denn so bekam er die Gelegenheit, sich unters Volk zu mischen und die Ohren zu spitzen. Ob hier über die Vorkommnisse auf anderen Kärwas gemunkelt wurde?

Wie sich schnell zeigte, beschäftigte die Besucher ein ganz anderes Thema. Ziemlich despektierlich lästerten zwei Paare darüber, dass man Laufamholz ja eigentlich in Laufamplastik umbenennen müsste. Paul brauchte nicht lange, um zu erfahren, weshalb die Gäste den Ortsteil so verunglimpften: Offenbar hatte man den traditionellen Kärwabaum im Vorjahr durch eine Attrappe aus Kunststoff ersetzt und erntete dafür nun Spott und Häme.

Um den Plastikbaum kreisten die Gespräche auch an dem Süßigkeitenstand, an dem sich Paul ein Softeis kaufen wollte: Dort trafen Gegner der Kunststoffvariante auf Befürworter. Der Vorstadtverein habe gar nicht anders gekonnt, als den Baum auszuwechseln, hörte Paul. Denn bei der letzten Kärwa sei der echte Vorgänger von einer Böe erfasst worden und den Kärwaburschen beim Aufstellen fast entglitten. Zwei Tonnen wiege so ein regennasser Stamm, der könne glatt jemanden erschlagen. Auch andere Kärwas hätten da ihre Probleme, hieß es: Bei Georgensgmünd hätten Unbekannte den Baum einfach abgesägt und damit fünf parkende Autos beschädigt. Das könne bei einem stabilen Kunststoffturm nicht passieren. Daher habe der Verein zwölftausend Euro in die Hand genommen und in die mit Kränzen behängte Schraubkonstruktion investiert. Mit glühenden Wangen verkündete ein besonders eifriger Verfechter der Plastikausgabe, dass darin die Zukunft liege. Die Frau im Süßwarenstand sah das ganz anders: »Draußen auf dem Land würden die das nie machen! Da hält man noch was auf Traditionen.«

Eine andere Frau pflichtete ihr bei und wies darauf hin, dass man den Kärwaburschen mit der künstlichen Tanne ganz sicher keinen Gefallen getan habe: »Das Aufstellen dauert viel länger als bei einem Naturbaum. Total kompliziert, die Stangen und Seile zu verbinden.«

»Egal, die Sache ist jetzt durch!«, beschied ein Mann neben ihr, offenbar ein Vorstandsmitglied des Vereins. »Wir stehen dazu.«

Eine nette Provinzposse, fand Paul und schleckte genüsslich sein Eis. Er hatte das Waffelhörnchen kaum vertilgt, als Hannah auftauchte.

Das Leuchten in ihren Augen verriet ihm, dass sie noch immer Feuer und Flamme für den neuen Fall war. Wenn sie so weitermachte, würde sie ihn noch in seiner Leidenschaft fürs Ermitteln übertrumpfen. Vielleicht hätte sie nach dem Studium statt ins Kulturamt zur Kripo gehen sollen, überlegte Paul.

»Hast du ihn schon gesehen?«, fragte Hannah und reckte den Hals.

»Wen?«, rief Paul über den Kirmeslärm hinweg.

»Walter Scheuer und seine Fischbraterei?«

»Immer der Nase nach!«

Paul fasste sie am Ärmel ihrer Bluse und zog sie in ein Gässchen seitlich des Festzeltes. Und tatsächlich trug ihnen der Wind den Duft von gegrillten Heringen und Makrelen zu, bevor sie den Stand erreichten. Der Verkaufstresen, hinter dem der würzige Rauch aufstieg, wies zahlreiche Gebrauchsspuren auf. Das Holz, aus dem er gezimmert war, hatte lange keine Farbe mehr gesehen. Das Zelttuch des Daches wirkte grau und verschlissen. Selbst die Preistafeln, die für Steckerlfisch warben, sahen ziemlich mitgenommen aus.

Dieser trostlose Eindruck hinderte die Kunden nicht daran, sich geduldig in die Schlange zu stellen und dem Mann am Grill beim Wedeln mit den großen Fischen zuzusehen.

Walter Scheuer mochte um die sechzig sein. Vielleicht ein paar Jahre jünger, vielleicht aber auch schon älter. Sein rundes, etwas feistes Gesicht war wettergegerbt. Unter einer speckigen Schiebermütze lugte ein grauer Haarkranz hervor. Die rot-weiße Schürze, die er über seinem ausladenden Bauch trug, war mit Flecken gesprenkelt, was sich bei seiner Tätigkeit wohl kaum vermeiden ließ.

Hannah und Paul stellten sich an und warteten, bis sie an der Reihe waren.

»Augenblick«, sagte Fischverkäufer Scheuer zu ihnen. »Ich muss erst ein paar neue nachlegen.«

Mit geübten Handgriffen spannte er ein halbes Dutzend Forellen in gitterförmige Fischbräter, die er über den offenen Flammen des Holzkohlefeuers wenden konnte. Es folgten Heringe und Makrelen. Allesamt ausgenommen, aber mit Flossen und Kopf.

»Ganz schön anstrengend, oder?«, fragte Paul, der sah, wie Scheuer bei seiner Arbeit überm Feuer ins Schwitzen kam.

Scheuer warf ihm einen flüchtigen Blick zu. »Bassd scho«, war alles, was er zu sagen hatte.

»Ziemlich zu tun, bei der Nachfrage«, versuchte Paul erneut ins Gespräch zu kommen.

Diesmal reagierte der andere bloß noch mit einem Brummen.

Hannah drängte sich vor Paul. »Ihr Stand ist uns empfohlen worden«, behauptete sie. »Bei Ihnen bekommt man den besten Fisch weit und breit, heißt es.«

Ein weiteres Brummen, jedoch durchaus wohlwollend.

»Seit wann machen Sie das denn schon?«, blieb Hannah am Ball, wobei sie ihre Frage mit einem kecken Augenaufschlag verband. Mit Erfolg.

»Seit fünfunddreißig Jahren«, antwortete Scheuer.

Hannah pfiff anerkennend. »Alle Achtung.«

Scheuer zuckte mit den Schultern. »Wie man's nimmt.« Dann hob er einen der Bräter an und hielt ihn Hannah hin. »Sind schon schöne Fische!« Er blickte zufrieden auf die feine Musterung der Makrelenhaut. »Machen aber eine Mordsarbeit.«

»Ja, den lieben langen Tag am Grill stehen, das stelle ich mir ziemlich heftig vor«, sagte Paul.

»Wenn es nur das wäre. Bevor ich hier am Nachmittag überm Feuer wedele, muss ich frühmorgens zum Kühllager und frische Ware besorgen. Ab neun stehe ich am Waschbecken, in Gummistiefeln und langer Schürze. Da wässere ich die Fische, nehme sie aus und würze sie.«

»Und das machen Sie alles allein?«, fragte Hannah und sah zu, wie sich das Blau der Forellen über der Glut in ein knuspriges Braun verwandelte.

Scheuer zuckte die Achseln. »Was sonst? Ich bin nicht verheiratet, und ein Nachfolger ist nicht in Sicht. Offen gesagt glaube ich, dass Fischbrater ein aussterbender Beruf ist. Wer will sich das schon aufbürden? Reich werden Sie damit sowieso nicht.«

»Aber die Leute stehen doch Schlange, um einen Ihrer Fische zu ergattern«, wandte Paul ein.

Scheuer winkte ab. An guten Tagen würden sechzig Fische über den Tresen gehen, an schlechten nur zwanzig. Damit decke er nicht mal seine Unkosten. Nur am Wochenende, auf der Kärwa, lohne es sich wirklich. »Aber man bekommt ja kaum noch einen Standplatz, weil die Leute lieber so neumodisches Zeug wie Langos oder Paella wollen. Wir Fischbrater werden immer mehr verdrängt.« Scheuer spannte zwei Forellen aus und wickelte sie in weiße Papierbögen. Mit den Worten »Bitte sehr!« reichte er Hannah und Paul das dampfende Grillgut.

»Danke«, sagte Paul und nahm seinen Fisch entgegen. Mit der freien Hand tastete er nach seinem Portemonnaie, das – wie ihm jetzt erst auffiel – keinen müden Cent mehr enthielt. Sein letzter Euro war für das Eis draufgegangen. »Hast du vielleicht ein bisschen Kleingeld?«, fragte er Hannah.

Die verdrehte die Augen und reichte Scheuer einen Geldschein über den Tresen. Während er das Wechselgeld abzählte, erkundigte sich Hannah: »Lassen Sie sich das denn gefallen? Ich meine, dass man Sie nicht mehr auf den Kärwas haben will?«

Scheuer drückte ihr das Kleingeld in die Hand. »Was soll ich denn dagegen machen? Ich kann mich nur immer wieder bewerben; wenn die vom Amt mich ablehnen, habe ich halt Pech.« Damit schien die Sache für ihn erledigt zu sein, er wollte die nächsten Kunden bedienen.

Doch Paul ließ noch nicht locker: »Sie sagen das so leicht dahin, aber mit einem Ausschluss von lukrativen Kärwas beraubt man Sie doch Ihrer Lebensgrundlage. Finden Sie das nicht ungerecht? Wieso lassen Sie sich das bieten?«

Scheuer stutzte. Ein Funken Misstrauen blitzte in seinem Gesicht auf. »Vielleicht müssen Sie noch etwas nachsalzen«, ging er über Pauls Fragen hinweg. »Guten Appetit.«

»Der arme Mann lebt ja von der Hand in den Mund«, sagte Hannah, nachdem sie sich eine Bierbank gesucht hatten, um ihren Fisch zu essen.

»Für die Rente bleibt bestimmt nicht viel übrig«, stimmte Paul zu. »Die wäre höchstens durch einen Lottogewinn zu retten.«

»Oder durch Erpressungsgeld«, warf Hannah ein.

Paul sah sie nachdenklich an. »Scheuer sah nicht aus wie ein Erpresser. Aber das muss nichts heißen. Wenn die Not zu groß ist, kann wahrscheinlich fast jeder zum Verbrecher werden.«

»Apropos Verbrecher.« Hannah nickte in Richtung Festzelteingang. »Siehst du die ganzen Bullen? Ein bisschen übertrieben für ein Dorffest wie dieses, oder?«

»Wahrscheinlich suchen sie nach dem Täter, genau wie wir«, meinte Paul und folgerte, dass die von Jasmin angedeutete Geldübergabe bislang nicht stattgefunden haben konnte.

»Sieht ganz so aus«, sagte Hannah und machte schon die nächste Entdeckung. »Schau mal da rüber. Zehn Meter von hier, gleich neben dem Wagen mit den gebrannten Mandeln.«

»Ist das nicht ...?« Paul kniff die Augen zusammen, die Sonne blendete.

»Ganz genau. Mister Sesselfurzer höchstpersönlich. Will wohl nach dem Rechten sehen und überprüfen, ob jeder Stand exakt auf der vorgegebenen Position steht und das zulässige Maß um keinen Zentimeter überragt. Um Gottes willen, das wäre ja fürchterlich.«

»Hör auf zu lästern. Das ist seine Pflicht.«

»Von wegen Pflicht. Man könnte die Vorgaben ja auch etwas großzügiger auslegen. Dass Hübscher der Fischbraterei keine Konzession für die anderen Kärwas gibt, find ich jedenfalls ziemlich gemein und schofelig. Außerdem geht dadurch eine urfränkische Tradition verloren.«

»Aber wenn die Leute nun mal nach ungarischen Teigfladen statt nach fränkischem Steckerlfisch verlangen, muss auch ein Hans Hübscher mit der Zeit gehen. Abgesehen davon, dass die Fische wahrscheinlich gar nicht aus der Regnitz oder Altmühl kommen, sondern vom Fischmarkt aus Hamburg hergekarrt worden sind – von wegen fränkische Tradition.«

Hannah hörte nur noch halb zu. Ihre Aufmerksamkeit galt ganz ihrem Kollegen vom Grundstücksamt, der sich nun tatsächlich Scheuers Makrelengrill näherte.

Auch Paul folgte Hübschers Weg mit seinen Blicken und registrierte, wie der Kontrolleur vor dem schäbigen Stand stehen blieb. Es schloss sich eine Unterhaltung zwischen Hübscher und Scheuer an, von der man aus der Distanz und angesichts der Geräuschkulisse leider nichts mitbekam.

»Freundlich geht anders«, kommentierte Hannah. »Er weist ihn zurecht.«

»Ja, so wie Hübscher mit dem Zeigefinger fuchtelt, hat er irgendetwas zu beanstanden.«

»Was passiert da gerade?« Hannah sprang auf.

Auch Paul erhob sich, um eine bessere Sicht auf den Fischstand zu haben. Was er sah, erschreckte ihn: Der Fischhändler kam wutentbrannt hinter seinem Grill hervor und baute sich vor Hübscher auf. Die beiden Männer herrschten sich an. So aggressiv, dass Umstehende zurückwichen. Dann schien sich Scheuer zu vergessen und packte Hübscher am Kragen.

»Der Zoff eskaliert«, sagte Paul. Ohne lange zu überlegen, lief er los, um die beiden Streithähne auseinanderzubringen. Hannah folgte ihm.

Sie waren keine fünf Meter weit gekommen, als erneut Unruhe ausbrach. Diesmal im Eingangsbereich des Festzeltes. Eine Frau taumelte ins Freie, presste beide Hände auf ihren Bauch und krümmte sich. Neben ihr schrie ein Kind, ein Mann rief laut nach den Sanitätern.

Paul blieb so plötzlich stehen, dass Hannah in seinen Rücken lief. Er sah, wie die Frau sich übergab, woraufhin das Kind an ihrer Seite noch lauter schrie. Kurz darauf verließen zwei weitere Festgäste mit verzerrten Gesichtern das Zelt: ein älteres Ehepaar, wie es schien, offenbar ebenfalls mit Bauchkrämpfen.

»Was geht hier denn ab?«, fragte Hannah, die gemeinsam mit Paul beobachtete, wie weitere Menschen folgten: blass, mit gequältem Ausdruck.

»Er hat wieder zugeschlagen!«, hörte Paul einen Mann in Trachtenjacke sagen, der in ihrer Nähe stand.

»Wer hat zugeschlagen?«, fragte Paul.

»Na, der Kärwakiller!«, sagte der Mann im Brustton der Überzeugung. »Haben Sie denn noch nichts davon gehört? Da ist ein Giftmischer unterwegs. Auf anderen Kärwas soll er auch schon sein Unwesen getrieben haben.«

Paul warf Hannah einen besorgten Blick zu. Dann wandte er sich wieder an den Mann: »Wenn das so wäre, hätte etwas darüber in der Zeitung gestanden«, behauptete er.

Doch der schüttelte den Kopf. »Das wird von der Obrigkeit unter der Decke gehalten. Die wollen verhindern, dass Panik ausbricht.«

Paul fragte sich, ob nicht genau das gerade passierte. Immer mehr Menschen strömten aus dem Zelt, Schaulustige liefen aus allen Richtungen herbei. So was konnte sich schnell zum Tumult auswachsen.

Die ersten Helfer trafen ein. Junge Kerle vom Roten Kreuz. Sie wirkten überfordert. Einer sprach in sein Walkie-Talkie, wohl, um Verstärkung anzufordern. Auch die Polizisten, in Uniform oder Zivil, rannten herbei. Ebenso wie Hübscher, der seinen Streit mit Scheuer vertagt zu haben schien.

»Verdammt.« Paul sah Hannah mit ernster Miene an. »Wieder ein Zwischenfall. Diesmal sieht es ziemlich übel aus. – Und jetzt hat der Erpresser auch schon seinen Namen weg: Kärwakiller. Es kann nicht lange dauern, bis Blohfeld das zu Ohren kommt und er es in dicken Lettern auf die erste Seite seines Schmierblatts setzt.«

»Ich fürchte, nach dem heutigen Tag wird sich das nicht vermeiden lassen«, rief Hannah über den Lärm von Martinshörnern hinweg. »Ich würde mal behaupten: Die Katze ist aus dem Sack.«

Pfarrer Hannes Fink plagte das Gewissen. Zwar gehörte es zu seiner Aufgabe als Geistlicher, dass sich ihm Menschen anvertrauten und er dadurch Einblicke erhielt, die er sich mitunter gern erspart hätte. Genauso selbstverständlich war es für ihn, diese oft sehr persönlichen Bekenntnisse für sich zu behalten. Niemals wäre es ihm in den Sinn gekommen, einen Vertrauensbruch zu begehen, indem er die Geheimnisse, die er in Ausübung seines Amtes erfuhr, weitergab.

Das galt bis jetzt. Nun aber kamen ihm Zweifel. Denn die Vorgänge auf den Kärwafesten, die seinen Freund Paul so sehr umtrieben, bewegten auch ihn. Und spätestens seit dem Besuch von Erich Grundmann fühlte sich Fink involviert – denn je länger er darüber nachdachte, desto stärker wurde sein ungutes Gefühl, dass etwas nicht stimmte. Vor allem Grundmanns Drohung »Die werden mich noch kennenlernen« hatte ihm zu denken gegeben.

Grundmann, den er als grundsolide und ausdauernd kannte, als jemanden, der für seine Profession brannte und sich für den Fortbestand seiner kleinen Brauerei viele Jahre lang ins Zeug gelegt hatte, sollte einfach aufgeben? Sich klaglos mit dem plötzlichen Ende seines Betriebes abfinden und damit gleichzeitig eine jahrhundertealte Familientradition begraben? Das passte nicht zu einem Mann wie ihm!

Fink spürte, dass da mehr sein musste. Grundmann war nicht der Typ Mensch, der seinen Kummer in sich hineinfraß. Zwar besonnen und überlegt, aber auch zielgerichtet und konsequent war er einer, der zupackte und die Dinge regelte, statt sich tatenlos dem Schicksal zu überlassen. In seiner momentanen Situation konnte es nicht anders sein. Selbst wenn alle Versuche, die Brauerei zu halten, fehlgeschlagen sein sollten, hätte jemand wie er keine Ruhe. Fink ahnte, dass es in Erich Grundmann lodern musste, dass er zutiefst verzweifelt war.

Womöglich so verzweifelt, dass sich seine kreativen Kräfte ins Destruktive kehrten? Dass Grundmann nun das bekämpfte, wofür er sich all die Zeit aufgeopfert hatte: die Kirchweihen und anderen Feste?

Für Fink waren diese Gedanken kein Anlass, das »Beichtgeheimnis« zu brechen oder irgendetwas preiszugeben, das ihm anvertraut worden war. Trotzdem ließ ihn die Angelegenheit nicht kalt, und er fragte sich, ob es etwas gab, das er tun konnte, um Schlimmeres zu verhindern. Er hatte da auch schon eine Idee ...

8

Geduld, Geduld.

Das war definitiv nicht Pauls Ding. Vorhin am Telefon hatte er sich von Katinka ja noch auf später vertrösten lassen. Weil die Untersuchungen noch liefen, wollte sie dem Ergebnis nicht vorgreifen und keine Halbwahrheiten in die Welt setzen. Er solle abwarten, bis sie mit ihrer Arbeit fertig sei.

»Halb acht im *Goldenen Ritter*«, hatte sie ihm kurz und knapp mitgeteilt, als er versucht hatte, sie doch noch umzustimmen und wenigstens ein paar Andeutungen aus ihr herauszukitzeln. Also schön, dachte er und nahm sich vor, superpünktlich zu sein.

Die Zeit bis dahin war für ihn allerdings die reinste Hölle, zumal nach dem gestrigen Großeinsatz in Laufamholz die Sache schnell öffentlich geworden war. Überall in den sozialen Medien wurde der Vorfall als großes Thema gespielt, und auch auf der Website der Tageszeitung und im lokalen Radio wurde darüber berichtet, wenn auch sachlich und ohne über die Hintergründe zu spekulieren.

Damit sah Paul Katinka in der Bringschuld. Einfach nichts zu sagen kam jetzt seiner Meinung nach nicht mehr infrage. Er wollte darauf bestehen, dass sie ihn ins Bild setzte.

Schon kurz nach sieben war Paul im *Goldenen Ritter*. Während er auf seine Frau wartete, leistete ihm Jan-Patrick Gesellschaft. »Was wollt ihr essen?«, fragte der Wirt seltsam teilnahmslos. »Schon einen Blick in die Karte geworfen?«

»Was empfiehlst du heute Abend denn?«, fragte Paul, der wusste, dass man nichts falsch machen konnte, wenn man dem Rat des begnadeten Kochs folgte.

»Ach …« Jan-Patrick lehnte sich an eine hüfthohe Schiefertafel, auf der mit Kreide die aktuelle Menükarte geschrieben stand. »Hier steht's doch. Nehmt, was ihr wollt.«

Paul wunderte sich sehr über das Verhalten seines Freundes, denn normalerweise sprühte Jan-Patrick vor Elan und Hingabe für seine Küchenkunst. »Bist du heute früh mit dem falschen Bein aufgestanden oder gibt es irgendwelche Probleme?«, erkundigte er sich.

»Es gibt nicht irgendwelche Probleme, sondern nur eines – aber dafür ein umso größeres.«

Paul stand das Fragezeichen ins Gesicht geschrieben. Doch dann begriff er. »Es geht immer noch um den zechprellenden Anwalt Dr. Gerstner, richtig?«

Als Paul den Namen nannte, fiel der ohnehin kleine Küchenchef förmlich in sich zusammen. »Heute hat er wieder bei uns diniert. Cordon bleu vom fränkischen Milchkalb, inklusive Weinbegleitung.«

»Hört sich nicht nach einem Schnäppchen an.«

»Für Dr. Gerstner schon. Denn als der Wein geleert und das Kalb bis auf einen letzten Bissen verspeist war, fischte er eine Haarspange aus dem Sößchen. Ich habe ihm versichert, dass die Spange nie und nimmer vom Personal stammen könne, denn alle Küchenhilfen trügen Haarnetze und würden sorgsam darauf achten, dass so etwas auf keinen Fall passiert. Darauf fragte er mich, ob ich etwa behaupten wolle, dass er lügt.«

»Und? Wie hast du reagiert?«

Jan-Patrick hob die Schultern und senkte sie wieder. »Ich habe mich entschuldigt und ihm den Preis erlassen. Was hätte ich anderes tun sollen?«

»Wie wäre es mit einer Anzeige?«

»Bin ich verrückt? Als Anwalt sitzt der doch am längeren

Hebel und hetzt mir am Ende das Gesundheitsamt auf den Hals. Nee, nee, dann spendiere ich diesem feinen Herrn lieber ab und zu einen Gratisschmaus – möge er ihm im Halse stecken bleiben und er daran ersticken.«

»Das wäre ganz schlecht«, mischte sich Katinka in ihr Gespräch, kaum dass sie die steile Stiege ins Obergeschoss des Lokals erklommen hatte. Sie kam direkt von der Arbeit, was Paul an ihrem Outfit sah: grauer Blazer über hochgeknöpfter Bluse. »Dann nämlich«, belehrte sie Jan-Patrick, »könnte man dich wegen versuchten Mordes drankriegen, zumindest aber wegen fahrlässiger Tötung.«

»Was?« Jan-Patrick riss die Augen auf. »Mich?«

»Ja«, bestätigte Katinka und ließ ihren Finger suchend über die Schiefertafel gleiten. Bei dem Menüpunkt »Gebratene Gänseleber an Korinthensauce« blieb er stehen. »Bei der Vorgeschichte würde der Verdacht natürlich sofort auf dich fallen, sollte Dr. Gerstner ausgerechnet in deinem Lokal ums Leben kommen.«

»Vorgeschichte? Was soll das denn heißen?«, fragte Jan-Patrick verstört.

»Gerstners Beschwerden sind hier ja kaum einem verborgen geblieben, so oft, wie du darüber redest. Daraus könnte ein findiger Staatsanwalt ganz schnell ein Motiv basteln. Ich zum Beispiel, wenn die Sache auf meinem Schreibtisch landet. Und dann fordere ich die Höchststrafe.«

»Jetzt hör aber auf«, stammelte der mitgenommen wirkende Koch.

Katinka setzte ein Lächeln auf und tätschelte ihn am Arm. »Das war ein Spaß, Jan-Patrick. Trotzdem solltest du dich da nicht so reinsteigern. Irgendwann wird sich das von selbst lösen, denn ewig kann Kollege Gerstner diese Masche ja nicht bringen.«

Jan-Patrick nickte, nahm die Bestellungen auf und ließ sie allein.

Katinka begrüßte Paul mit einem Kuss, der nach seinem Empfinden ziemlich zurückhaltend ausfiel. Er merkte sofort, dass Katinka sich sträuben würde, mit der ganzen Wahrheit herauszurücken. Doch zumindest die grobe Richtung würde sie ihm aufzeigen müssen. Also verzichtete er auf jedes Vorgeplänkel und legte gleich los: »Wie ist es ausgegangen? Im Radio haben sie nur etwas von mehreren Personen gesagt, die über Übelkeit geklagt hätten. Und dass so viele Rettungswagen vorgefahren seien wie sonst nur bei Fankrawallen nach einem Fußballspiel. Aber keine Silbe über Verletzte oder Schlimmeres.«

Katinka setzte sich und verschränkte die Arme. »Weil es keine Verletzten gab«, sagte sie.

Paul traute seinen Ohren nicht. »Wie bitte? Aber ich habe es doch selbst gesehen, mit eigenen Augen ...«

»Dann hat der Schein eben getrogen. Fest steht, dass all diese Leute wohlauf sind.«

»Dann hat der Kärwakiller also nur ein harmloses Mittel verwendet«, folgerte Paul nachdenklich. »Eines ohne Spätfolgen.«

»Kärwakiller? Sprich dieses Wort bloß nicht zu laut aus. Davon abgesehen hat unser Erpresser mit dem Vorfall in Laufamholz nicht das Geringste zu tun.«

»Nicht?« Pauls Verwunderung wuchs.

»Die Frau, die den Tumult ausgelöst hat, war schon vor ihrem Kärwabesuch krank. Ein Magen-Darm-Infekt, wie sich herausgestellt hat. Weshalb sie trotzdem feiern gegangen ist, weiß der Teufel. Jedenfalls hat sie unter den anderen Gästen eine Art Hysterie ausgelöst. Die Rede von vergifteten Lebensmitteln machte die Runde, und plötzlich wurde es einem nach dem anderen schlecht. Das Ergebnis kennst du ja selbst.«

»Lauter eingebildete Kranke – und der Kärwakil... – äh, der Erpresser soll gar nicht beteiligt gewesen sein?« Paul war über diese Nachricht fast ein wenig enttäuscht.

»Richtig«, bestätigte Katinka. »Aber auch wenn wir es bloß mit einem Fehlalarm zu tun hatten, steigt der Druck auf die Ermittlungsbehörden täglich.«

»Ist das der Grund dafür, dass die Stadt dem Erpresser nun nachgeben und bezahlen will?«, fragte Paul, der dieses Insiderwissen eigentlich nicht haben durfte.

Entsprechend barsch reagierte Katinka, denn sie wusste natürlich sofort, wo das Informationsleck zu finden war: »Eines Tages ziehe ich deine kleine Freundin für ihre ständigen Indiskretionen zur Rechenschaft.«

»Nenn sie nicht so. Man könnte sonst auf falsche Gedanken kommen.«

Ihre Augen verengten sich. »Sei bloß vorsichtig.«

»Bin ich. Du kannst dich darauf verlassen, dass von mir keiner etwas erfährt.«

»Das wäre auch noch schöner.«

Paul beugte sich vor und griff nach Katinkas Hand. Er drückte sie zärtlich. »Wann läuft die Geldübergabe?«

Katinka ließ ihn gewähren und erwiderte sein Lächeln. »Du meinst, damit kriegst du mich rum?«, fragte sie in zuckersüßem Tonfall. »Mit deinem unwiderstehlichen Clooney-Charme?«

»Ja, das meine ich«, antwortete Paul mit Schmelz in der Stimme.

»Du hast recht. Da kann ich nicht länger widerstehen«, säuselte Katinka.

»Du verrätst es mir wirklich?«

»Ja, mein Schatz: Die Übergabe läuft in diesen Minuten.«

»Oh.« Paul ließ ihre Hand los und sah sie überrascht an.

»Das Ganze könnte schon sehr bald vorüber sein, und mit etwas Glück obsiegen am Ende Recht und Gesetz. Für dich ist es jedenfalls zu spät, uns dazwischenzufunken. Bis du aufgegessen hast, ist die Sache gelaufen.«

»Ihr stellt dem Kerl eine Falle?«

»Tut mir leid, aber weitere Details werde ich dir nicht auf die Nase binden.«

Paul dachte an sein Gespräch mit Jasmin: an den GPS-Sender zwischen den Geldbündeln, an die Observation durch versteckte Beamte …

»Wie viel hat er denn gefordert?«, fragte er.

»Fünfhunderttausend«, gab Katinka dann doch noch ein Detail preis.

»Beinahe günstig, würde ich sagen.«

»Ja, eine solche Summe kann das Stadtsäckel verkraften. Andererseits besteht die Gefahr, dass er es noch einmal versucht, wenn die halbe Million aufgebraucht ist. Meiner Meinung nach kann man sich von einem Erpresser nicht loskaufen, egal mit welcher Summe.«

»Warum versucht ihr es trotzdem?«

»Die Entscheidung dafür ist auf höheren Ebenen gefallen.«

»Höheren Ebenen …«, griff Paul ihre Worte auf, die viel und wenig zugleich sagten. Er fand das alles ziemlich unbefriedigend. Zugegeben: Der Fall schien ja fast gelöst zu sein, er damit raus und seine Ermittlungen überflüssig. Eigentlich konnte er sich erst mal zurücklehnen. Doch dieser Gedanke widerstrebte ihm, denn nachdem er schon einiges an Zeit und Mühe in diese Sache investiert hatte, wollte er die ganze Wahrheit wissen. Zum Beispiel, ob die Ermittler bereits jemand Bestimmtes unter Verdacht hatten oder wie er sich die erwähnte Lösegeldübergabe vorstellen konnte. Seine Appelle an Katinka, doch bitte etwas mehr zu sagen, liefen jedoch ins Leere.

»Wie lange sind wir jetzt schon zusammen?«, fragte sie ihn mit einem verständnissuchenden Lächeln. »Allmählich müsstest du begreifen und akzeptieren, dass es Grenzen gibt, die ich nicht überschreiten darf und nicht zu überschreiten gewillt bin. Du hast von mir schon viel mehr erfahren, als ich eigentlich verantworten kann. Damit müssen wir es bitte gut sein lassen, okay?«

Paul rang sich zu einem Nicken durch. Weil Katinkas Lippen von nun an versiegelt blieben, begann er zu reden. Er erzählte ihr von den Versuchen, ein Motiv zu finden, mit dem sich der Bezug des Täters zum Kärwabetrieb erklären ließe. Er berichtete auch von dem Besuch beim Grundstücksamt zusammen mit Hannah und dem ersten möglichen Verdächtigen: Fischbrater Scheuer.

»Du machst also wieder einmal gemeinsame Sache mit meiner Tochter«, war das Erste, was Katinka dazu sagte. Es klang eher resigniert als wütend. Dann fragte sie: »Den Hinweis auf den Fischverkäufer habt ihr von dem Sachbearbeiter, diesem Herrn Hübsch, bekommen?«

»Hübscher heißt der Mann, obwohl er es nicht ist.«

»Bitte?«

»Ach, nichts. Scheuer wird häufig von den Kärwas ausgeschlossen, außerdem hat er uns gegenüber indirekt von Geldnöten gesprochen.«

»Trifft das nicht ebenso auch auf etliche andere Schausteller zu?«, zog Katinka Pauls These in Zweifel. »Das ist mir ein bisschen zu kurz gedacht.«

»Aber irgendwo muss man doch anfangen, wenn man den Mistkerl erwischen will«, protestierte Paul, indem er Hannahs Argumentation aufgriff. Da kam ihm ein neuer Gedanke: »Wie sieht es eigentlich mit den Bekennerschreiben aus? Wäre das ein Ansatz, um den Schuldigen zu überführen?«

»Du meinst wie in den alten Kriminalfilmen, wo man anhand unterschiedlicher Buchstabentypen die Schreibmaschine des Übeltäters ermitteln konnte? So etwas gibt es im Zeitalter von Laserdruckern leider nicht mehr. Und ehe du fragst: Nein, er hat uns nicht den Gefallen getan, die Buchstaben aus Zeitungen auszuschneiden und aufzukleben, um uns auf diese Weise mit gentechnisch relevanten Hautpartikeln zu versorgen.«

»Auf den Arm nehmen kann ich mich selbst«, schnappte Paul.

»Jetzt spiel nicht die beleidigte Leberwurst! Ich kann ja nicht so tun, als ob du hier wirklich eine große Hilfe wärst. Bist du nämlich nicht. Wenn ich das richtig sehe, seid Hannah und du nicht besonders weit gekommen. Das hat alles weder Hand noch Fuß bislang.« Sie straffte die Schultern. »Die Polizei hat die Sache im Griff. Es ist abzusehen, dass der Täter bald überführt werden kann. Zumindest hoffe ich das, auch wenn ich nicht zu hundert Prozent hinter dieser Taktik stehe.«

Während sie das sagte, begann das Handy, das zwischen ihnen auf dem Tisch lag, zu tanzen. Katinka beäugte es argwöhnisch, bevor sie es in die Hand nahm und sich meldete.

Paul beobachtete sie dabei, wie sie zuhörte, mehrmals wortlos nickte – und wie ihre Lippen immer schmaler wurden. Schließlich beendete sie das Gespräch mit einem knappen »Danke« und legte den Apparat zurück auf den Tisch.

»Und?«, fragte Paul.

»Die Übergabe ist geplatzt«, sagte sie mit verbissenem Ausdruck. »Am vereinbarten Treffpunkt lag bloß eine Botschaft. Der Täter wusste, dass es sich um eine Falle handelte. Er schreibt, dass die Zeit der Warnungen vorbei ist.«

Paul sah sie herausfordernd an. »Die Polizei hat die Sache im Griff? So viel dazu.«

9

Der Rest des Abends war nicht gerade harmonisch verlaufen. Die schlechte Nachricht hatte Katinka den Appetit verdorben, sodass sie sehr bald bezahlt hatten und nach Hause gegangen waren. Es gelang Paul nicht, seiner Frau weitere Einzelheiten über die verkorkste Geldübergabe zu entlocken. Auf seine Nachfragen reagierte sie zunehmend genervt und zog sich schließlich ins Bad zurück.

»Ich geh schlafen«, rief sie ihm noch zu und schloss die Tür. Kurz darauf hörte Paul das leise Brummen der elektrischen Zahnbürste.

Paul war noch nicht müde und überlegte, was er mit dem Rest des Abends anfangen sollte. Eine alte Serie anschauen? Er stand auf Krimis aus den Achtzigern, von denen einige in seinem DVD-Regal standen. Oder mal wieder etwas lesen? Doch egal, wofür er sich entscheiden würde, er müsste doch nur an den Kärwakiller denken – und daran, dass der Erpresser diesen Titel bald womöglich zu Recht tragen würde.

Mitten in seine Gedanken hinein läutete das Telefon. Paul nahm ab und hörte die dunkle Stimme von Pfarrer Fink. »Hannes? Welch seltenes Vergnügen.«

»Von einem Vergnügen kann leider nicht die Rede sein.«

»Oh, wo drückt denn der Schuh?«

»Ich möchte … – ich *muss* einen Hinweis geben.«

»Hinweis. So wie du das aussprichst, ist es was Ernstes.«

»Ja, und es fällt mir sehr schwer, darüber zu reden, das kannst du mir glauben.«

Paul betonte, dass – was auch immer es sei – der Pfarrer mit ihm darüber sprechen könne. Doch zu seiner Verwunderung sagte Fink, er wolle sich eigentlich mit seiner Frau unterhalten.

»Mit Katinka? Die hat sich eben schlafen gelegt.«

Fink grummelte etwas Unverständliches in den Hörer.

»Soll ich sie wecken?«, fragte Paul.

»Nein, lass sie schlafen. Dann werde ich es doch dir sagen. Vielleicht ist es sogar besser so. Denn auf diese Weise kannst du meinen Hinweis weitergeben, ohne meinen Namen zwingend erwähnen zu müssen.«

»Jetzt bin ich aber echt gespannt! Sag schon, Hannes: Was hast du für Neuigkeiten?«

»Es handelt sich um Erich Grundmann. Hast du den Namen schon mal gehört?«

»Grundmann, Grundmann ...« Paul kratzte sich am Hinterkopf. »Dazu fällt mir nur das Bier ein.«

»Richtig. Um genau den dreht es sich: Erich Grundmann ist Eigentümer der gleichnamigen Brauerei, die kurz vor dem Konkurs steht.«

Paul, der ohnehin lieber Hefeweizen trank als das lasche Helle von *Grundmann Bräu*, fand das nicht übermäßig tragisch. »Da wirst du dich wohl an eine andere Marke gewöhnen müssen«, war alles, was ihm dazu einfiel.

»Darum geht es nicht. Was mich umtreibt, ist die Sorge darüber, wie es mit Erich Grundmann weitergeht. Er ist seit vielen Jahren ein treues, rühriges und engagiertes Gemeindemitglied ...«

»Sorgst du dich, weil er bald nicht mehr deinen Klingelbeutel füllen kann?«

»Spar dir solche Kommentare. Erich Grundmann ist in eine Zwangslage geraten, in eine Krise: Seine Brauerei hat in den letzten Jahren eine Konzession nach der anderen eingebüßt und war zuletzt auf kaum noch einem Fest vertreten. Kein Vergleich mit früheren Zeiten, in denen Grundmann als Platzhirsch galt und mindestens jede zweite Kärwa beschickt hat. Nun steht ihm das Wasser bis zum Hals.«

»Ja, ich verstehe, aber ...«

»Grundmann scheint zutiefst frustriert und – so viel darf ich dir wohl sagen – er hegt einen Groll gegen die Stadt, von der er sich ausgebootet und kaltgestellt fühlt.«

»Du erzählst mir das in Zusammenhang mit ...« Paul brach ab, denn er wollte es von Fink selbst hören.

Doch dieser tat ihm den Gefallen nicht. »Für die Zusammenhänge bist du zuständig, Paul. Ich möchte nicht das Vertrauen eines treuen Gemeindemitglieds enttäuschen oder missbrauchen.«

»Na schön«, begriff Paul. »Für die Anschläge auf unsere Kärwas muss es ja einen Grund geben. Erich Grundmann mag ein guter Christ sein, doch da ihm übel mitgespielt wurde, sind ihm vielleicht die Sicherungen durchgebrannt. Ist es das, worauf du mich hinweisen möchtest?«

Fink schwieg.

»Okay«, sagte Paul. »Ich werde seinen Namen bei Katinka platzieren. Mehr kann ich nicht tun.« Er fand es etwas desillusionierend, dass ein Kirchenmann wie Fink eines seiner eigenen Gemeindemitglieder – wenn auch indirekt – denunzierte. Auf der anderen Seite war er dankbar für den Tipp, durch den ein zweiter Verdächtiger aufgetaucht war. Eine Theorie, die man weiterverfolgen konnte.

In dem Moment klingelte es schon wieder. Diesmal an der Tür.

»Tut mir leid, ich muss Schluss machen«, würgte Paul das Gespräch mit Fink ab und legte das Telefon beiseite. So spät noch Besuch? Er ahnte schon, wer es sein könnte.

»Hannah!« Paul freute sich, seine Stieftochter zu sehen. Sie trug einen Jogginganzug.

»Darf ich reinkommen?«, fragte sie und drängte sich im selben Moment an ihm vorbei. »Ich war mit ner Freundin beim Badminton.«

»So was habe ich mir fast schon gedacht.«

»Wenn ich mich bewege, wird auch mein Hirn besser durchblutet«, meinte sie und ließ sich aufs Sofa im Wohnzimmer fallen. Dann schaute sie sich um. »Ist Mom schon schlafen?«

»Ja. Sie war nicht so gut drauf, was wohl auch daran liegt, dass ich ihr ziemlich auf die Nerven gegangen bin.«

»Umso besser!«, strahlte Hannah.

»Was soll das denn heißen?«

»Dass ich dir erzählen kann, zu welchen Ergebnissen mein sauerstoffgeflutetes Gehirn gekommen ist, ohne dass Kati mir das Wort verbietet.«

»Das ist aber nicht nett, wenn du so über deine Mutter redest.«

»Ich weiß ja, dass sie sich an ihren Kodex halten muss. Klar, das respektiere ich auch. Aber wir beiden dürfen ja wohl spekulieren, so viel wir wollen, oder?«, fragte sie herausfordernd, zog die Beine an und machte es sich gemütlich. Dann aber richtete sie sich noch einmal auf, griff in die Tasche ihrer Trainingsjacke und förderte eine kleine Papiertüte zutage. Als sie sie auf den Tisch warf, purzelten gebrannte Mandeln heraus.

»Greif zu!«, forderte sie Paul auf. »Hab ich von der Kärwa mitgebracht.«

»Du warst noch mal in Laufamholz?«, wunderte sich Paul.

»Ja, vorm Sport. Bin kurz über den Platz geschlendert. War heute nicht viel los. Vielleicht weil Wochentag ist. Oder die Sache mit den kotzenden Festgästen hat die Leute abgeschreckt. Aber egal, mein Besuch hat sich trotzdem gelohnt.«

»Lass hören.«

»Mir ist ein Typ aufgefallen, der dort wie ein aufgescheuchtes Huhn herumgelaufen ist. Ein unangenehmer Mensch. Erst dachte ich, es wäre einer von der Stadt. Oder einer von den Cops. Stimmt aber beides nicht, Klemens Dörfler ist ein Privater.«

»Klemens Dörfler?« Paul sah sie fragend an.

Hannah warf sich drei Mandeln gleichzeitig in den Mund, kaute genüsslich und sagte dann: »Total crazy, dieser Kerl. Die Leute in Laufamholz kennen ihn schon länger, und auch auf anderen Kärwas soll er regelmäßig auftreten.«

»Auftreten?«

»Ja, und zwar als Schreckgespenst. Der Typ ist nämlich ein ausgewiesener Kirchweihgegner. Findet, dass das sommerliche Treiben überhandnimmt und hält es für Ruhestörung. Er sammelt Unterschriften dafür, dass Anzahl und Dauer der Kärwas in Nürnberg auf höchstens ein Drittel reduziert werden sollen. Geht's noch?«

»Ein Spinner?«

»Ich weiß nicht – vielleicht auch ein Verdächtiger. Zumindest nimmt er seine Sache sehr ernst, er ist fast schon fanatisch.«

»Mmmmh«, machte Paul und zog die Stirn in Falten. »Allmählich können wir eine Liste von mutmaßlichen Verdächtigen anlegen. Nun sind es schon drei.« Er berichtete ihr von Erich Grundmann, ohne Fink dabei zu erwähnen.

Hannah kam bei ihrer eigenen Aufstellung sogar auf vier potenzielle Täter, denn sie zählte Kilian Höffkes, den Sprecher des Schaustellerverbandes, noch dazu.

»Wie kommst du ausgerechnet auf den?«

»In meinen Augen macht er sich dadurch verdächtig, dass er so vehement für die Fortsetzung der Kärwasaison eintritt. Das hat Mom zumindest neulich mal durchklingen lassen.«

»Ist es nicht normal, dass sich der Sprecher der Schausteller für deren Interessen einsetzt?«, hielt Paul dagegen.

»Ja, schon. Aber indirekt macht sich Höffkes damit auch für das Anliegen des Erpressers stark, denn eine ungestörte Saison wird es ohne Lösegeld ja nicht geben. Da stellt sich mir die Frage, ob es am Ende nicht sogar er selbst ist, der davon profitiert.«

»Höffkes soll gleichzeitig Kärwaboss und Erpresser sein? Beißt sich bei diesem Gedankenmodell nicht die Katze selbst in den Schwanz?«

»Eben nicht! Nur wenn die Saison fortgesetzt wird, kann der Erpresser überhaupt mit Lösegeld rechnen. Ansonsten, wenn die Saison abgeblasen wird, laufen seine Drohung und die Lösegeldforderung komplett ins Leere. Klar genug ausgedrückt?«

»Leuchtet ein.«

»Auf der anderen Seite: Diesem Klemens Dörfler mit seiner fragwürdigen Bürgerinitiative würde ich die Drohbriefe durchaus auch zutrauen ...«

»Wirklich weiter bringt uns das Herumgerate trotzdem nicht«, fand Paul.

»Stimmt«, pflichtete Hannah ihm bei. »Was wir bräuchten, wären handfeste Beweise oder zumindest deutliche Indizien. Aber an die kommt man ja nicht so ohne Weiteres ran – es sei denn, man hilft etwas nach.«

»Wie stellst du dir das vor?« Paul neigte den Kopf.

»Überleg mal, Paul.« Hannah gab sich verschwörerisch, als sie ihm ihren Vorschlag unterbreitete. »Bisher läuft die

Sache so: Der Erpresser gibt vor, was er wann zu bekommen hat, und entscheidet, welche Kärwa er mit seinen gefährlichen Aktionen heimsucht oder eben auch nicht. Die Polizei, die Staatsanwaltschaft und irgendwie ja auch wir beide können nur darauf reagieren, den Ablauf jedoch nicht verändern, geschweige denn selbst bestimmen. Was, wenn wir diese Kette einfach unterbrechen?«

»Ich begreife immer noch nicht, was du vorhast.«

»Es ist ganz einfach: Statt darauf zu warten, was dem Kärwakiller als Nächstes einfällt, drehen wir den Spieß um. Ab sofort bestimmen wir den Spielfortgang, indem wir dem Erpresser seinen nächsten Schachzug aufzwingen. Die ganze Kunst besteht darin, ihn herauszufordern.«

»Spiel? Schachzug?« Paul kratzte sich am Kopf. »Ich fürchte, ich habe keine Ahnung, wovon du eigentlich redest.«

Hannah blickte sich um. »Du bist sicher, dass Mom schläft?«

Paul drehte den Hals, um die Tür zum Schlafzimmer sehen zu können. Er konnte kein Licht mehr unter der Schwelle erkennen. »Ich denke schon. Wahrscheinlich ist ihr längst der Reader aus der Hand gefallen.«

»Also gut ...«, sagte Hannah und stand auf. Mit einem spitzbübischen Lächeln stahl sie sich zu dem antiken Sekretär, auf dem ihre Mutter ihre Arbeitstasche abgelegt hatte.

»Warte, was hast du vor?« Paul schwante Böses.

Hannah ließ sich nicht beirren, griff sich die Tasche und schlich zurück zum Sofatisch. Dort durchstöberte sie den Inhalt und fischte eine Mappe heraus. »Wer sagt's denn!« Sie schlug die schmale Akte auf. »Hier haben wir alles, was wir brauchen.«

»Was brauchen wir denn?«, fragte Paul und vergewisserte sich, dass im Schlafzimmer auch wirklich alles ruhig war und das Licht nicht vielleicht doch wieder brannte.

Hannah tippte mit dem Zeigefinger auf die Kopie eines Computerausdrucks. »Der Drohbrief«, sagte sie zufrieden.

Paul beugte sich vor. Und tatsächlich: Vor ihnen lag die Fotokopie eines der Schreiben, mit denen der Unbekannte die Stadt erpresst hatte. Es war direkt an den Oberbürgermeister gerichtet. Er überflog den kurz gehaltenen Text, der im Wesentlichen das bestätigte, was er bereits wusste: Die Stadt wurde aufgefordert, eine halbe Million Euro zu zahlen, um Schlimmeres zu verhüten. »Und was sollen wir damit anfangen?«

»Lesen, lernen, lügen«, sagte Hannah salbungsvoll und schaute Paul mit einem Gesichtsausdruck an, der das Schlimmste befürchten ließ.

10

Als Jasmin ihn erkannte, beschleunigte sie ihre Schritte. Trotzdem gelang es ihr nicht, ihm zu entwischen. Noch bevor sie die Pforte des Polizeipräsidiums am Jakobsplatz erreichte, hatte Paul sie eingeholt und stoppte sie, indem er die Hand auf ihre Schulter legte.

»Schönen guten Morgen!«

»Ich habe es eilig«, sagte sie energisch.

»Glaube ich. Sonst wird nämlich dein Kaffee kalt«, meinte Paul mit Blick auf den Becher in ihrer Hand. In der anderen hielt sie eine Brötchentüte.

Es war kurz nach neun am folgenden Tag, die Sonne schickte warme Strahlen über die Hausdächer – und Paul war mit einem Auftrag unterwegs. Es galt, Hannahs irrwitzigen Plan auszuloten, auf den er sich am späten Abend aus Gründen eingelassen hatte, die er heute schon nicht mehr nachvollziehen konnte. Wahrscheinlich war er gestern einfach nur zu müde und erschöpft gewesen, um ernsthaft dagegen protestieren zu können. Aber es half nicht zu jammern, denn er hatte Hannah in die Hand versprechen müssen, dass er die Machbarkeit ihrer Idee zumindest prüfen würde, und das konnte er nur, wenn er in puncto Ermittlungen auf dem neuesten Stand war.

Jasmin sah ihn finster an. »Was willst du schon wieder?«

»Ich habe mitbekommen, was passiert ist«, sagte er so leise, dass keiner der Passanten es hören konnte. »Die verkorkste Lösegeldübergabe …«

Jasmin trat dichter an ihn heran. So nah, dass ihm der Duft ihres Deos in die Nase stieg. Es roch ein wenig nach Veilchen. »Halt dich aus dieser Sache raus!«, schärfte sie ihm ein.

»Mach ich ja. Mich würde nur interessieren, wie ihr weiter vorgehen wollt.« Er zog eine zusammengefaltete Zeitung aus dem Hosenbund. »Die hab ich mir vorhin besorgt. Da steht nichts von abgesagten Kärwas drin.«

»Richtig«, sagte Jasmin, deren Haare im Morgenlicht zu glühen schienen. Ähnlich wie ihre Augen. »Weil es keine Absagen geben wird.«

»Hat sich Kilian Höffkes also durchgesetzt«, mutmaßte Paul.

»Die Entscheidung, die Feste weiterlaufen zu lassen, fiel einvernehmlich im Krisenstab«, stellte sie klar.

»›Weiterlaufen lassen‹ bedeutet, dass ihr nicht wisst, wie ihr mit der Angelegenheit umgehen sollt? Oder habt ihr inzwischen so etwas wie eine Taktik?«

»Dazu sage ich nichts.«

»Ich kriege es ja eh raus.«

Jasmin stöhnte und ließ die Tüte sinken. »Wenn ich dir jetzt noch einmal etwas sage, versprichst du mir dann, mich bis zum Ende dieses Falls in Frieden zu lassen?«

»Ich verspreche es«, sagte Paul und kreuzte die Finger hinter seinem Rücken.

»Wir setzen seit einigen Tagen einen Super Recognizer ein. Damit haben wir unabhängig von den Vorbereitungen auf die Geldübergabe begonnen.«

»Einen was?«

»Eine Kollegin, die wir uns von den Münchnern ausleihen. Super Recognizer verfügen über eine besondere Begabung und können sich achtzig von hundert Leuten merken, selbst wenn sie sie nur ganz kurz gesehen haben. Dabei orientieren sie sich an markanten Merkmalen wie Ohren, Wangenknochen oder Augenbrauen und lassen sich sogar von Brillen oder Perücken nicht täuschen. Die Kollegin soll uns helfen, Personen zu finden, die sich besonders häufig auf Kärwas aufhalten.«

»Also quasi die ganze Dorfjugend«, machte sich Paul lustig. »Trägt die Münchner Kollegin bei ihrer Arbeit ein Kostüm?«

»Kostüm? Warum?«

»Haben all die anderen Superhelden im Kino doch auch an.«

Jasmin boxte ihn in den Oberarm. »Klemm dir deine billigen Witze. Es ist ein seriöser Versuch, den Erpresser ausfindig zu machen. Die Münchner haben Super Recognizer erfolgreich auf dem Oktoberfest getestet. Deren Ergebnisse sind besser ausgefallen als anatomische Erkennungsprogramme bei Überwachungsvideos.«

»Na, dann muss sich unser Kärwakiller ja warm anziehen ...«, grinste Paul. »Gibt es schon erste Ergebnisse?«

Jasmin wich seinem Blick aus. »Die üblichen Verdächtigen ...«, deutete sie an.

»Hört sich so an, als würdest du um den heißen Brei herumreden.«

»Na schön, du gibst ja sonst eh keine Ruhe: Momentan fokussieren wir uns auf eine Person, die sich verdächtig verhält. «

»Verdächtig inwiefern?«

»Die Person besucht wiederholt Kärwas, erscheint dabei stets allein und tritt in verschiedenen Verkleidungen auf.«

»Im Sinne von Kostümierungen?«

»Eher im Sinne von Tarnung. Mal mit großer Sonnenbrille, dann mit Hut oder Schirmkappe. Es hat den Anschein, als wollte die Person ihre Identität verschleiern. Auffällig ist auch, dass die Person unentwegt Fotos schießt.«

»Hat diese Person auch einen Namen?«

»Ja. Wir wissen inzwischen, dass es sich um Klemens Dörfler handelt. Aber diese Info hast du nicht von mir, verstanden?«

»Dörfler, der Kärwagegner?« Paul war enttäuscht, denn über Dörflers auffälliges Gehabe hatte ja schon Hannah berichtet. »Das überrascht mich nicht. Vielleicht sammelt er bloß Munition für eine Petition oder einen Volksentscheid gegen Kirchweihen.«

»Wir nehmen den Hinweis der Super Recognizerin durchaus ernst. Menschen mit radikalen Gesinnungen darf man nicht unterschätzen, egal für oder gegen was sie eintreten.«

»Nehmt ihr ihn euch vor? Wenn ja, halt mich auf dem Laufenden.«

»Meinetwegen. Aber danach sind wir quitt, ein für alle Mal!« Mit diesen Worten ließ sie ihn stehen und stampfte wutgeladen davon.

Paul fragte sich, ob sich Jasmins Frust auf ihn bezog oder auf sich selbst, weil sie wieder einmal viel zu viel ausgeplaudert hatte.

Kaum war sie im Präsidium verschwunden, zog er sein Handy aus der Hosentasche. Er gab Hannahs Nummer ein, die sich wenig später meldete.

»Und?«, fragte sie.

»Es hat geklappt. Ich habe die Information, die wir brauchen: Sie machen weiter.«

»Das ist unsere Chance!«

Paul verzog den Mund. »Chance? Ich würde es eher Risiko nennen. Was du vorhast, ist ein sehr gewagtes Spiel, bei dem ich absolut nicht sicher bin, wer am Ende den Sieg davontragen wird.«

»Was *wir* vorhaben, ist überhaupt nicht gewagt. Das Schlimmste, was passieren kann, ist, dass der Kärwakiller nicht darauf einsteigt. So what? Wer nicht wagt, der nicht gewinnt.«

Pauls Bauchgefühl riet ihm strikt ab. »Bist du sicher, dass wir das wirklich durchziehen sollten? Die Polizei verfolgt jetzt einen neuen Ansatz. Vielleicht sollten wir uns noch etwas gedulden.« Er berichtete ihr von der Expertin aus München. »Außerdem haben wir längst noch nicht alle anderen Möglichkeiten ausgeschöpft. Wir könnten zum Beispiel noch einmal mit Walter Scheuer sprechen. Das bisschen, was wir von ihm wissen, ist viel zu dürftig, um ihn schon von unserer Liste zu streichen.«

»Scheuer, der Fischbrater?«, kam es etwas lustlos durch den Hörer. Es lag auf der Hand, dass Hannah lieber ihren eigenen Kopf durchgesetzt hätte.

»Ja! Während sich die Polizei jetzt auf Dörfler stürzt, nehmen wir uns Scheuer vor. Das dürfte effektiver sein – und weitaus weniger heikel, als deinen Plan umzusetzen. Außerdem: Was kann schon schiefgehen, wenn wir ein paar Worte mit ihm wechseln?«

»Meinst du, es macht Sinn, noch mal mit dem zu quatschen?«

»Okay, es war ein Zufall, dass wir ausgerechnet auf seine Akte gestoßen waren. Bestimmt gibt es Dutzende andere Marktleute, die abschlägige Bescheide bekommen. Andererseits: Sein Streit mit Hübscher, dessen Zeuge wir geworden sind, war nicht ohne. Bei dem ist ordentlich Dampf unterm Kessel.«

»Und was willst du tun? Bei ihm anrufen?«

»Ihn besuchen! Ich fahre hin und unterhalte mich mit ihm. Vielleicht lässt er mehr raus als beim letzten Mal.«

»Ein Geständnis wird er kaum ablegen. Warum sollte er?«

»Nein, aber er könnte sich ja verplappern oder jemand anderen belasten. Einen Versuch ist es wert, oder?«

Hannahs Schweigen verriet, dass ihr Pauls Ausweichmanöver gegen den Strich ging. Doch auch sie sah ein, dass es keinen Sinn hatte, mit dem Kopf durch die Wand zu wollen. »Okay, du hast recht«, sagte sie ziemlich verhalten. »Die Idee mit der Super Recognizerin klingt zwar verrückt, könnte aber hinhauen. Und bei Scheuer würde eine weitere Unterredung auch nicht schaden. Halten wir uns also mit der Umsetzung unseres Plans noch zurück und warten ab, wie es sich entwickelt. – Hoffentlich passiert in der Zwischenzeit nichts Schlimmes.«

Ja, stimmte Paul im Stillen zu, das wäre in der Tat fatal.

»Das mit Scheuer musst du allerdings allein übernehmen. Wenn ich mich nicht zur Abwechslung mal wieder bei der Arbeit sehen lasse, bin ich meinen Job los.«

»Geht klar«, meinte Paul. Denn im Gegensatz zu Hannah hatte er ja in Ermangelung von Fotoaufträgen kaum Verpflichtungen. Daher nahm er sich vor, seine neueste Idee nicht auf die lange Bank zu schieben, sondern sofort umzusetzen.

Es stellte kein Problem dar, Scheuers Wohnort ausfindig zu machen, denn der Makrelengriller hatte eine eigene, wenn auch sehr primitive Homepage, über die man ihn auch für private Feste buchen konnte. Im Impressum waren Straße und Hausnummer vermerkt. Mit dem Auto fuhr Paul zur angegebenen Adresse – und hatte Glück! Gerade verließ ein Mann das Haus, von der bulligen Statur her ganz klar der Fischbrater.

Paul stellte sein Auto ab und merkte, wie eilig es der andere hatte. Mehr laufend als gehend hielt er auf einen schäbigen Lieferwagen zu, der am Straßenrand stand, und stieg ein. Gleich darauf wurde der Motor angelassen. Mit einem Ruck fuhr der Transporter an und rauschte an Paul vorbei.

Ohne festen Plan, jedoch argwöhnisch wegen Scheuers Hektik wendete Paul seinen Renault und folgte ihm. Dabei musste er sich ziemlich ranhalten, denn Scheuer legte ein beachtliches Tempo vor und scherte sich nicht groß um die Verkehrsregeln. Mal missachtete er ein Stoppschild, dann zog er im Überholverbot an einem anderen Wagen vorbei.

Das Rennen führte sie aus dem Wohnviertel hinaus und geradewegs in ein Industriegebiet, wo Scheuer seinen Transporter auf den Parkplatz eines großen Baumarktes lenkte. Dort stellte er ihn schräg in eine Parklücke und ignorierte den Protest einer Autofahrerin, die auf dieselbe Lücke aus gewesen war. In leichtem Trab lief er zum Eingang.

Paul fand ebenfalls einen Platz für seinen Renault und sputete sich, um Scheuer nicht aus den Augen zu verlieren. Zwischen den hohen Regalen des Marktes herrschte reger Betrieb. Unter den Kunden sah Paul Privatleute ebenso wie Handwerker in ihrer Arbeitskluft. Scheuer fand er vor den Regalen mit Reinigungsutensilien wieder. Zielgerichtet durchstöberte dieser die Angebote und belud seinen Einkaufswagen mit mehreren Kanistern und Plastikflaschen.

Paul blieb auf Abstand, sodass er nicht genau sehen konnte, welche Artikel Scheuer genau zusammensuchte. Die leuchtend roten Warnhinweise auf den Behältnissen erkannte er aber sehr wohl.

Unwillkürlich fühlte sich Paul an Filme erinnert, in denen sich Terroristen die Bestandteile für ihre Bomben in

Baumärkten zusammenkaufen. Tat Scheuer gerade das Gleiche?

Paul beschloss, der Sache auf den Grund zu gehen. Kaum war Scheuer außer Sicht, huschte er durch den Gang mit den Chemikalien und las die Aufschriften der Kanister: WC-Reiniger, Scheuermilch, Chlorreiniger, Bleiche ... In Chemie war Paul nie besonders gut gewesen, doch immerhin wusste er, dass es böse enden konnte, wenn man bestimmte Stoffe miteinander vermengte.

Ohne seine Deckung aufzugeben, verfolgte er Scheuer bis zur Kasse. Paul wartete, bis der andere bezahlt hatte, dann stellte er sich selbst an. Zur Tarnung hatte er ebenfalls drei Flaschen Reinigungsmittel mitgenommen. Als er an der Reihe war, sprach er die Kassiererin an: »Bei diesem Reinigungszeug muss man schon aufpassen, dass man nicht durcheinanderkommt und die falschen Mittel kombiniert, oder?«

Die Frau an der Kasse scannte Pauls Artikel. »Steht alles auf den Flaschen drauf, wie man damit umgeht.«

»Mag ja sein, aber was, wenn man etwas zusammenschüttet, das nicht zeitgleich angewendet werden soll?«

Die Frau sah von ihrer Kasse auf. »Darf man nicht«, war alles, was sie zu diesem Thema zu sagen hatte. »Das macht fünfzehn Euro achtzig.«

Paul gab ihr das Geld und nahm sich vor, sein fehlendes Wissen zu googeln. Doch das brauchte er nicht, denn kurz vor dem Ausgang passte ihn ein Verkäufer ab, der das Gespräch an der Kasse wohl mitbekommen hatte.

»Was genau möchten Sie denn wissen?«, erkundigte sich der junge Mann freundlich und legte sogleich los: »WC-Reiniger und Chlorreiniger ist generell keine gute Kombi. Das setzt Chlorgas frei. Die in WC-Reinigern enthaltenen Säuren können zwar Kalk- und Urinablagerungen lösen, sollten aber nicht zusammen mit Reinigern verwendet werden, in denen Aktivchlor enthalten ist, also auch nicht mit Schimmelentferner.«

»Danke«, sagte Paul verblüfft über die Kenntnisse des Verkäufers.

Dieser lachte. »Ich studiere Biochemie an der Uni. Das hier ist nur ein Job, um mir was dazuzuverdienen.«

»Wenn das so ist: Was sollte man denn sonst noch vermeiden, wenn man mit diesem Zeug hantiert?«

»Zum Beispiel sollten Sie niemals saure Reiniger mit alkalischen Mitteln, also laugenartigen Flüssigkeiten mit hohem pH-Wert, mixen. Und Bleiche am besten mit gar keinem anderen Produkt vermischen, sondern nur mit klarem Wasser. In Kombination mit Essig können sich nämlich ebenfalls giftige Gase bilden. Das führt selbst in kleinen Mengen zu Atemproblemen und brennenden Augen. Bleiche ist übrigens auch in Ammoniakprodukten enthalten, also in vielen Glas- und Fensterreinigern. Bei falscher Verwendung treten toxische Chloramine aus.«

»Gut zu wissen«, sagte Paul. »Aber solange nichts explodiert …«

»Hat's leider auch schon gegeben: Wenn Sie etwa die Reinigungschemikalie Wasserstoffperoxid zweckentfremden, besteht akute Brand- und Explosionsgefahr.«

»Nochmals danke«, sagte Paul und hatte es jetzt eilig, den Baumarkt zu verlassen, fühlte er sich doch in seinen Ahnungen bestätigt.

Scheuers Transporter stand inzwischen nicht mehr auf dem Parkplatz, Paul sah ihn gerade noch um die Kurve zur Hauptstraße biegen. Er rannte zu seinem Renault und nahm die Verfolgung auf.

Scheuer legte eine ähnlich hohe Geschwindigkeit vor wie schon bei der Herfahrt. Über zwei gelbe Ampeln raste er zurück ins Wohngebiet. Vor dem Haus bremste er seinen Wagen abrupt ab, sprang heraus und machte sich sogleich daran, seine Einkäufe zu entladen und in der Garage zu verstauen. Er war so emsig bei der Sache, dass er Pauls Renault nicht beachtete, der nur wenige Meter entfernt ebenfalls zum Stehen gekommen war.

Jetzt wird es spannend, dachte Paul und blieb so lange hinterm Steuer sitzen, bis Scheuer den letzten Kanister ausgeladen und das Garagentor hinter sich zugezogen hatte. Dann erst wagte sich Paul vor. Vorsichtig näherte er sich der Einfahrt und schlich auf die Garage zu. Sie befand sich in einem schlechten Zustand, wie auch das Wohnhaus, war mit tiefen Rissen übersät. Ein weiteres Indiz dafür, dass es mit Scheuers Finanzen nicht zum Besten bestellt war.

Das Tor war im oberen Drittel mit einer Lichtleiste aus mehreren kleinen Fenstern versehen, die meisten davon wiesen Sprünge auf. Paul stellte sich auf die Zehenspitzen, um ins Innere sehen zu können. Würde er gleich Zeuge werden, wie Scheuer seinen nächsten Anschlag vorbereitete?

Tatsächlich konnte er Scheuer dabei beobachten, wie er die Verschlüsse zweier Behälter öffnete. Auch Eimer hatte er bereitgestellt – und Wischlappen ...

Erst jetzt wurde Paul klar, was den meisten Platz in der Garage einnahm: der rollende Fischgrill. Mit Gummihandschuhen bewehrt tauchte Scheuer den Lappen in die Reinigungsflüssigkeit und machte sich daran, den Rost zu säubern. Dies tat er mit sturer Verbissenheit. Anschließend war der Verkaufstresen an der Reihe. Dann die blecherne Verkleidung. Er wischte, rubbelte und polierte, ohne auch nur einmal aufzuschauen.

Paul beobachtete ihn fast eine halbe Stunde lang. Dann sah er ein, dass Scheuer den Baumarkt nur aus einem einzigen Grund aufgesucht hatte: um seinen Fischstand blank zu putzen und damit fit für den nächsten Einsatz zu machen.

Auf ein Gespräch mit ihm verzichtete Paul. Er fuhr mit dem wenig befriedigenden Gefühl zurück nach Hause, dass er wieder einmal nichts erreicht hatte.

11

Er hatte fast acht Stunden durchgeschlafen, als ihn am Morgen das Zwitschern der Vögel weckte. Katinka war natürlich schon längst unterwegs, und so setzte sich Paul, wie meist, allein an den Frühstückstisch und ließ seinen Blick durch die Terrassenfenster über die grüne Wiese bis zur Pegnitz gleiten.

Er wollte sich gerade Zucker in den Kaffee rühren, als es an der Haustür klingelte.

Jasmin lächelte ihn etwas gezwungen an. »Entschuldige die Störung, aber ich habe gehört, dass es hier guten Kaffee geben soll.«

»Bitte sehr, komm rein, setz dich und gieß dir ein. Ich hoffe, du hast genauso gut geschlafen wie ich.«

»Davon kann keine Rede sein. Ich habe mir im Präsidium die halbe Nacht um die Ohren geschlagen. Verhör von Klemens Dörfler. Ich hatte dir ja leichtsinnigerweise versprochen, dass ich dich auf dem Laufenden halte.«

»Ja, danke. Und?« Paul streckte die Hand nach seinem Kaffee aus.

»Halt, halt, halt, stell die Tasse wieder ab!«

»Warum denn?«

»Du würdest dich verschlucken. Paul, die ganze Sache war umsonst. Dörfler können wir abschreiben, er ist unschuldig.«

»Vorsichtig, Jasmin. Wenn du mich mal wieder auf den Arm nehmen willst ...«

»Nein, es ist leider mein voller Ernst. Wir haben die halbe Nacht dagesessen, Hauptkommissar Schnelleisen, Dörfler und ich. Frage, Antwort, Frage, Antwort. Es war die Hölle. Aber die Sache ist hundertprozentig wasserdicht.

Alibis überprüft, alles bewiesen und belegt. Dörfler hat weder etwas mit den Glassplittern im Essen noch mit der Stinkbombenattacke zu tun.«

»Aber er ist doch einer der wenigen, der wirklich eine Motivation dafür hätte, den ganzen Ärger heraufzubeschwören. Was macht euch so sicher?«

»Man kann keine Scherben ins Kraut rühren, wenn man gleichzeitig auf Verwandtenbesuch in München ist. Und das war Dörfler, als Katinka die Glassplitter auf ihrem Teller hatte. Schnelleisen hat in München angerufen und sich das Alibi bestätigen lassen. Gleiches gilt für die anderen Störaktionen.«

»Und seine Sprüche darüber, dass er so lange kämpfen will, bis auch die letzte Kärwa eingestellt wird? Damit brüstet er sich doch öffentlich.«

»Ja, das hat er zugegeben. Er macht keinen Hehl daraus, dass er dieses Ziel verfolgt. Das macht ihn aber noch lange nicht zum Attentäter und Erpresser.« Sie trank ihren Kaffee in wenigen großen Schlucken. »So, und das war's. Mehr erfährst du nicht von mir. Jetzt ist Schluss, ein für alle Mal.«

Nachdem Jasmin gegangen war, vertrödelte Paul den Vormittag in der Wohnung, bevor er sich dazu aufraffen konnte, einen kleinen Stadtbummel zu unternehmen.

»Das war's«, hatte Jasmin gesagt. Er war mit dem vorläufigen Ausgang der Geschichte nicht zufrieden. Er hasste lose Enden. Und er hasste das Gefühl, tatenlos zusehen zu müssen. Doch was blieb ihm jetzt noch übrig? Es sah ganz so aus, als hätte er sein Pulver schon verschossen.

Während er durch die Stadt schlenderte, kam ihm nicht zum ersten Mal in den Sinn, dass er sich verändert hatte. Dass er an Biss verloren hatte und sich weniger traute als früher. Positiv betrachtet konnte man auch sagen, er habe durch die teils haarsträubenden Eskapaden der letzten Jahre dazugelernt, sei abgeklärter und vernünftiger geworden. Doch wer wollte das schon? Er jedenfalls nicht.

In der Breiten Gasse kam er an einem Geschäftshaus vorbei, in dem unten Ramschware für kleines Geld verhökert wurde, während oben vergleichsweise günstige Wohnungen zur Vermietung standen. In einer dieser Behausungen hatte bis vor Kurzem Lenny Zimmermann gelebt, ein in die Jahre gekommener Boulevardfotograf und Liebhaber teurer Großformatkameras. In gewisser Weise ein Vorbild für Paul, denn er hatte vom alten Lenny nicht nur viel Handwerkliches gelernt, sondern auch seine unerschrockene und zu allem entschlossene Art geschätzt.

Normalerweise hätte Paul nicht lange gezögert und Lenny auf einen Schwatz unter Freunden besucht. Doch das ging nicht mehr. Nach den Erkenntnissen der modernen Medizin würde er seinen lieben Bekannten und Freund bald verlieren. Die Ärzte hatten Lenny aufgegeben. Schon vor ein paar Wochen war er zunächst ins Theresien-Krankenhaus und dann ins Hospiz gewechselt. Er hatte bereits zahllose OPs hinter sich, und jetzt würde der Krebs über seinen Optimismus und seine Lebenslust siegen.

Lenny war nicht der erste Weggefährte von Paul, der ihn verließ. Das war schmerzlich, doch was konnte er schon tun, außer Lennys Werte weiter hochzuhalten und sich mutig an schwierige Themen heranzuwagen?

Einen Monat später

12

»Eibach, St. Johannis, Kleinreuth, Kornburg, Worzeldorf und Katzwang: Fehlanzeige! Auch in Zabo, Gostenhof und Gebersdorf ist nichts passiert«, meinte Hannah, und es hörte sich resigniert an.

»Sei froh!«, sagte Katinka. »Fast vier Wochen Kärwabetrieb ohne ernsthaften Zwischenfall. In allen Ortsteilen bleibt es ruhig. Was will man mehr?«

Sie saßen beim sonntäglichen Brunch im *Goldenen Ritter*. Auf Pauls Teller dampfte ein getrüffeltes Omelett. Jan-Patrick behauptete, es handele sich bei der erlesenen Zutat um fränkische Trüffel. Die erreichten zwar nicht ganz die aromatische Intensität der südländischen Sorten und seien extrem selten, aber ab und zu gelinge es ihm, welche aufzutreiben.

»Hoffentlich schlägt sich diese Seltenheit nachher nicht auf der Rechnung nieder«, bemerkte Paul, woraufhin der Küchenmeister prompt eine Leidensmiene aufsetzte.

»Musst du mich ausgerechnet an dieses Thema erinnern?«, fragte er.

»An das Thema Rechnung? Ich nahm immer an, das sei dein liebstes.«

»Nicht, wenn ich dabei an Dr. Gerstner denken muss«, sagte Jan-Patrick gequält.

»Ärgert er dich etwa noch immer?«, fragte Hannah, während sie versuchte, einen Kaffeefleck aus ihrer geblümten Bluse zu reiben.

»Ein Ende ist nicht abzusehen«, stöhnte der Wirt. »Eine Weile hat er mich in Frieden gelassen. Wahrscheinlich war er im Urlaub oder so. Aber gestern Abend ist er wiederaufgetaucht. Er aß den knochengereiften Rücken vom fränkischen Angusrind mit Schwarzwurzeln auf Vanille-Kartoffelpüree.«

»Klingt interessant«, fand Katinka.

»Ist es auch«, bestätigte Jan-Patrick. »Und teuer!«

»Woran hat er sich denn diesmal gestört?«, fragte Paul.

»Angeblich hätte das Fleisch einen bitteren Beigeschmack gehabt, als wollte ihn jemand vergiften. Komischerweise hat er sich erst daran gestört, als fast der ganze Teller leer gegessen war.«

»Er hat das Rind nicht gezahlt?«, tippte Paul.

Jan-Patrick schüttelte den Kopf. »Und auch den Wein nicht. Eine Flasche aus meinem Kabinett.«

»Vielleicht solltest du ihn doch anzeigen«, schlug Hannah vor.

Aber Katinka riet ab: »Dann steht Aussage gegen Aussage, und wie ich Gerstner kenne, würde er der Presse einen Tipp geben. Dabei kannst du nur verlieren, Jan-Patrick.«

»Sieht ganz so aus«, sagte der Wirt geknickt.

»Umso schöner ist es, dass wir wenigstens diesen Erpresser losgeworden sind«, kam Katinka auf ihr ursprüngliches Thema zurück. »Ob es nun an der erhöhten Polizeipräsenz lag oder er nach der gescheiterten Übergabe kalte Füße bekommen hat – jedenfalls hat er seit über drei Wochen nichts mehr unternommen. Ein gutes Zeichen.«

»Die Kärwasaison dauert aber noch bis September«, merkte Jan-Patrick an.

»Mal nicht immer schwarz, du Pessimist!«, rief Katinka ihm zu. »Kümmere dich lieber um dein Büfett. Deine Kunden warten auf Nachschub.« Kaum war der Wirt aus ihrem Blickfeld verschwunden, wandte sich Katinka wieder den anderen zu. »Lasst uns die Daumen drücken, dass der Spuk wirklich vorbei ist.« Nachdenklich fügte sie hinzu: »Ich frage mich ja immer noch, wie der Erpresser erfahren konnte, dass er bei der Geldübergabe observiert werden sollte. Habt ihr eine Ahnung?«

»Ein Insider?«, riet Paul.

»Oder einer, der gern Krimis guckt. Er hat sich halt einfach denken können, dass die Polizei auf der Lauer liegt, wenn er sein Geld abholen kommt.«

»Dann stellt sich allerdings die Frage, weshalb er die Transaktion überhaupt erst ausgemacht hat. Und warum er mit weiteren Anschlägen droht, dann aber nichts passiert«, entgegnete Paul.

»Fragen über Fragen. Jetzt ist erst mal Wochenende, und ich habe keine Lust, länger über die Arbeit zu reden.« Katinka schob ihren Stuhl zurück und nahm den leeren Teller auf. »Ich hole mir einen Nachschlag. Der Obatzte und das frische Krustenbrot haben mich vorhin schon angelacht. Kommt jemand mit?«

Hannah sah an ihr vorbei und wirkte, als hätte sie gar nicht zugehört. »Vielleicht ist es doch noch nicht vorbei.«

»Wie bitte?« Katinka stellte den Teller wieder ab.

»Was, wenn sich der verhinderte Killer nur zurückhält, weil er sich auf den großen Anschlag vorbereitet?«, fragte Hannah in die Runde.

»Worauf willst du hinaus?«

Statt ihrer Mutter zu antworten, stellte Hannah die nächste Frage: »Wo steigt die nächste Kärwa? Ich meine kein Minifest, sondern ein richtig großes.«

»Das dürfte die in Ziegelstein sein«, sagte Paul.

»Ziegelstein!«, rief Hannah. »Lässt sich da nicht manchmal sogar der Ministerpräsident blicken?«

Katinka winkte ab. »Deine Fantasie geht mit dir durch, Hannah. Wenn der MP dort aufkreuzt, werden die Sicherheitsmaßnahmen ja noch weiter verschärft. Sollte der Täter in einem solchen Umfeld zuschlagen, säße er wie die Maus in der Falle.«

»Wenn er es geschickt anstellt, kommt er davon«, blieb Hannah bei ihrer These. »Außerdem hätte er eine Bombenpresse. Nach einem Anschlag auf der Ziegelsteiner Kärwa würde das Ganze hundertprozentig an die große Glocke gehängt, dann würde es jeder im Land erfahren. Die Stadt könnte gar nicht anders, als doch noch zu zahlen, und zwar ganz ohne Tricks. Inzwischen wahrscheinlich die doppelte Summe oder mehr.«

Katinka setzte zum Widerspruch an, doch auch sie wirkte nun ziemlich nachdenklich.

Paul nutzte die Pause, um sich nach der von Jasmin erwähnten Münchnerin zu erkundigen. »Hat das Experiment mit dem Super Recognizer noch etwas Neues gebracht und zu weiteren Verdächtigen geführt?«, fragte er. Ein Geheimnis war der Einsatz dieser Spezialistin ohnehin nicht mehr, Katinka hatte längst spitzbekommen, dass Paul und Hannah davon wussten. Also konnte er sie auch direkt darauf ansprechen.

»Nicht wirklich«, gab Katinka zu. Die Münchner Kollegin habe auf verschiedenen Kärwas zwar mehrere wiederkehrende Besucher identifiziert, allerdings in erster Linie alte Bekannte wie Verbandssprecher Höffkes, Hans Hübscher vom Grundstücksamt oder seine Kollegen, die ohnehin dort zu tun hätten. Außerdem nach wie vor Kärwagegner Klemens Dörfler, der sich selbst durch seine polizeiliche Befragung nicht habe abschrecken lassen. Im Gegenteil: Jetzt tauche er noch öfter auf den Festplätzen auf. Zu den häufigen Gästen zählten außerdem einige Stadträte, aber auch das sei nichts Auffälliges.

»Wie sieht es mit Walter Scheuer aus?«, hakte Paul nach. Obwohl seine eigenen Nachforschungen in diese Richtung nicht allzu viel erbracht hatten, spukte der Name noch immer in seinem Kopf herum. »Hat Superwoman den auch öfter gesehen?«

»Wen?«

»Scheuer, den renitenten Fischhändler.«

»Ich weiß nicht. Zumindest war von ihm nicht die Rede.«

»Dann ist das vielleicht wirklich unser Mann«, schaltete sich Hannah wieder ein. »Er hat sich drei Wochen lang ganz bewusst von jeder Kärwa ferngehalten, um unauffällig zu bleiben. Nun taucht er aus seiner Deckung auf und schlägt in Ziegelstein wieder zu.«

»Eine ziemlich kühne Behauptung«, fand Katinka und stand auf. »Ich würde sagen, wir lassen das Stochern im Nebel und kümmern uns um das, weshalb wir hier sind. Ehe die anderen Gäste das Büfett komplett leer gegessen haben.«

Auch Paul erhob sich. Doch bevor er Katinka folgen konnte, bekam Hannah ihn am Ärmel zu fassen: »Wir müssen unseren Plan jetzt umsetzen!«, zischte sie ihm zu.

»Den Plan?«

»Du weißt schon. Nur so können wir den Erpresser aus der Reserve locken und verhindern, dass er ein Attentat begeht.«

Paul sah sie zweifelnd an. »Hast du nicht zugehört? Seit einem Monat gibt es null Zwischenfälle. Ich denke, die Sache ist gelaufen. Auch ohne unser Zutun.«

»Nein«, sagte Hannah energisch. »Das weißt du genauso gut wie ich. Wenn wir nicht schleunigst etwas unternehmen, um seinen großen Anschlag zu vereiteln, haben wir für immer und ewig ein schlechtes Gewissen.«

»Hier geht es aber nicht um dein oder mein Gewissen, sondern darum, sich und andere womöglich ernsthaft zu gefährden. Das würde nämlich passieren, wenn wir deine Wahnsinnsidee wirklich umsetzen.«

Hannah kniff die Augen zusammen. »Täusche ich mich, oder bist du in diesem Fall die ganze Zeit bloß mit angezogener Handbremse unterwegs?«

»Du täuschst dich nicht, ich trage Verantwortung. Durch mein schlechtes Vorbild bist du so draufgängerisch und rücksichtslos geworden. Deswegen ist es auch meine verdammte Pflicht, auf dich aufzupassen und dafür zu sorgen, dass dir durch dein vorschnelles Handeln nichts zustößt.«

»Wow, aber weißt du was: Du liegst total daneben! Dein Vorbild soll mein Handeln beeinflussen? Überschätz dich da mal nicht. Ich bin, wie ich bin, dafür brauche ich keinen Mentor. Und wenn ich von etwas überzeugt bin, dann ziehe ich es durch.«

Paul stieß einen tiefen Seufzer aus.

Katinka hatte sehr wohl mitbekommen, dass ihre Tochter und ihr Mann hinter ihrem Rücken tuschelten. Klar war auch, worum es dabei ging. Die beiden konnten sich nicht damit abfinden, dass »ihr« Fall so sang- und klanglos beendet sein sollte. Dass der Erpresser den Mut verloren und sein kriminelles Vorhaben aufgegeben hatte, wollten sie nicht wahrhaben. Sie ahnte, dass weder Paul noch Hannah dazu imstande war, die Angelegenheit einfach auf sich beruhen zu lassen. Selbst wenn Paul diesmal verhaltener agierte als üblich, bedeutete das keineswegs, dass er sich zurückziehen würde. Denn das hieße, auf den Nervenkitzel zu verzichten, den beide so sehr liebten. Katinka wusste das, konnte es bis zu einem gewissen Grad sogar verstehen. Letztendlich kam es jedoch nicht darauf an, dass die zwei ihren Spaß hatten, sondern dass sie sich nicht in Gefahr brachten. Einem Erpresser nachzustellen, der bereits seinen Willen unter Beweis gestellt hatte, Menschen zu verletzen, war nicht mehr lustig. Das war ausschließlich Sache der für solche Aufgaben ausgebildeten Polizeibeamten – nicht aber die eines Fotografen mit detektivischen Ambitionen und einer Mitarbeiterin des Kulturamtes.

Gedankenverloren schritt Katinka das Büfett ab und häufte sich wahllos Aischgründer Karpfenfilet, Weichkäse von Ziegen aus der Fränkischen Schweiz und Forchheimer Meerrettichröllchen auf den Teller. Sie hoffte inständig, dass Hannah und Paul keine weiteren Nachforschungen anstellen würden. Denn alles andere wäre unverantwortlich und riskant.

Doch als sie zu ihrem Tisch zurückkam und die Blicke der beiden auffing, hegte sie Zweifel an der Erfüllung ihres frommen Wunsches.

13

Ein »großer Anschlag« also. So hatte Hannah es am Wochenende beim Brunch im *Goldenen Ritter* formuliert. Seitdem waren fünf Tage vergangen. Fünf Tage, an denen Hannah voller innerer Anspannung auf den Beginn der Ziegelsteiner Kirchweih gewartet und Paul in regelmäßigen Abständen daran erinnert hatte, welche Aufgabe vor ihnen lag. Pauls Versuche, Hannah von ihrem Vorhaben abzubringen, waren halbherzig ausgefallen. Auch er selbst war sich nicht sicher, ob die ereignislosen Wochen nicht vielleicht nur die Ruhe vor dem Sturm waren.

Doch während Paul nun am Eingang der Ziegelsteiner Kärwa auf Hannah wartete, fragte er sich erneut, was ihn eigentlich ritt. Worauf, zum Teufel, ließ er sich da bloß ein?

Zwei Seelen wohnten in seiner Brust: An sich war Paul froh und glücklich, dass sich sein vorübergehend arg in Mitleidenschaft gezogenes Verhältnis zu seiner Stieftochter wieder so gut eingerenkt hatte. Auch dass sie in seine Fußstapfen trat, was das Interesse an Kriminalfällen anbelangte, sagte ihm prinzipiell zu, erfüllte ihn sogar mit Stolz. Andererseits hatte er den Eindruck, dass sie es damit übertrieb. Es schien sich geradezu zu einem Spleen auszuwachsen.

Paul war fünfundzwanzig Jahre älter als Hannah. Ein Vierteljahrhundert. Das bedeutete, dass er deutlich mehr Zeit auf diesem Planeten – und speziell in Franken – zugebracht hatte als sie. Es bedeutete ein Mehr an Lebenserfahrung, und er war zunehmend bereit, Verantwortung zu übernehmen.

Ja, dachte Paul und fällte endgültig einen Entschluss: Er kam nicht umhin, eben dieser Verantwortung gerecht zu werden, indem er hier und jetzt die Bremse zog. Im Fall des Kärwakillers durften sie nichts mehr unternehmen! Vor allem nichts hinter dem Rücken von Jasmin und Katinka. Aus dem einfachen Grund, weil es zu gefährlich war. Für Hannah und Paul, aber womöglich auch für zahllose Unbeteiligte, falls ihr Plan fehlschlagen sollte. Ihm wurde ganz anders, als er daran dachte, und er war entschlossen, Hannah davon abzubringen, ihr Vorhaben weiterzuverfolgen.

Doch wo blieb sie bloß?

Ein Blick auf seine Armbanduhr verriet ihm, dass sie sich verspätete. Möglicherweise hing sie noch in der Arbeit fest. Freitags war im Büro meistens viel los, hatte sie ihm mal gesagt, da es Kultur-Events fürs Wochenende vorzubereiten galt.

Nachdem sie zwanzig Minuten über der vereinbarten Zeit war, versuchte Paul es auf ihrem Handy. Hannah nahm das Gespräch entgegen, drückte ihn aber in der nächsten Sekunde weg. Was sollte das? Saß sie vielleicht noch im Auto und konnte deshalb nicht sprechen? Aber normalerweise benutzte sie doch die Öffentlichen.

Weitere zehn Minuten verstrichen, und von Hannah war weit und breit nichts zu sehen. Paul bekam ein mulmiges Gefühl und entschied sich, den Rundgang über die Kärwa schon zu beginnen, in der Hoffnung, sie irgendwo anzutreffen.

Das Fest im nördlich gelegenen Stadtteil Ziegelstein unterschied sich von den meisten anderen Veranstaltungen insofern, als es sich nicht um eine Zeltkärwa handelte. Gefeiert wurde im großen Biergarten des Gasthauses *Grüne Au*, während auf der Freifläche Am Anger eine Kirmes mit drei Bratwurstgrills, zwei Süßwarenwagen, einer Schießbude sowie zwei Losbuden der örtlichen Kindergärten um

Kundschaft buhlten. Nicht zu vergessen der Autoscooter, seit Generationen Treffpunkt der Ziegelsteiner Jugend. Zumindest bei den Vierzehn- und Fünfzehnjährigen war er angesagt, während es die Älteren zum Colaweizen in die Wirtschaft zog.

Paul kannte die Ziegelsteiner Kärwa, er war schon oft hier gewesen. Es war eine seiner liebsten. Er schätzte die Traditionen wie den Auftritt der Böllerschützen und die abendliche Schunkelmusik mit den »Knoblauchsländer Musikanten« oder dem »Aischgrund Express«, auch wenn das normalerweise nicht sein Geschmack war. Aber hierzu passte es einfach. Am meisten mochte er jedoch das gute Essen im Gasthaus, vom Jägerschnitzel bis zum Zwiebelrostbraten. Große Portionen und faire Preise – und ein Wirt, der nicht so viel jammerte, wie es Jan-Patrick in letzter Zeit tat.

Nur zu gern hätte er sich dazugesetzt und es sich gut gehen lassen. Doch das kam nicht infrage, denn noch immer hatte er Hannah nicht gefunden, und von Minute zu Minute wurde es schwieriger: Jetzt, in den Abendstunden dieses warmen Julitages, strömten die Gäste von allen Seiten herbei. Fast unmöglich, die Menge noch zu überblicken, geschweige denn, einen einzelnen Menschen zu finden. Paul suchte sich ein weniger frequentiertes Fleckchen und probierte es erneut auf Hannahs Handy. Fehlanzeige. Diesmal nahm sie nicht mal ab. Hieß das, dass sie inzwischen eingetroffen war und das Klingeln im Getümmel nicht hörte?

Paul machte dreimal die Runde, schaute sich an jeder Bude um und checkte sogar die Fahrer im Autoscooter. Nirgends sah er Hannahs charakteristischen Lockenkopf auftauchen. Schließlich ergriff er doch die Chance und nahm an einer gerade frei werdenden Bierbank Platz. Er bestellte ein Radler und, weil er Hunger hatte, eine Roulade mit Kloß und Salat.

Das Bier kam sofort. Paul nahm einen kräftigen Schluck, um seinen Durst zu löschen. Als er das Glas absetzte, saß sie ihm plötzlich gegenüber – mit überaus besorgter Miene.

»Hannah!«

»Paul!«

»Wir waren vor mehr als einer Stunde verabredet«, sagte er vorwurfsvoll.

»Kann schon sein, aber ich hatte zu tun. Musste eure ganze Wohnung durchwühlen.«

»Wieso das? Was redest du da?«

Hannah streckte die Hand nach seinem Bier aus. »Das brauche ich jetzt!« Nach zwei großen Schlucken stellte sie das Glas wieder ab. »So, schon besser.«

»Jetzt noch mal: Wonach, um Himmels willen, hast du in unserer Wohnung gesucht?«

»Nach dem Brief natürlich! Der war ja fix und fertig vorbereitet, komplett mit Umschlag und Adresse. Das weißt du doch, du hast ja selbst dabei geholfen.«

»Ja, aber ...«, stammelte Paul.

»Ich hatte ihn bei euch liegen lassen und wollte ihn vorhin schnell holen. Nicht, um ihn abzuschicken, sondern um ihn zu zerreißen. Weil du recht hattest mit deinen Bedenken. Das Ganze ist viel zu heiß, wir könnten dadurch in Teufels Küche kommen. Ich hatte mich da einfach zu sehr hineingesteigert.«

»Besser eine späte Einsicht als gar keine.«

»Es nützt bloß nichts. Denn der Brief ist weg!«

»Moment, Moment!« Paul brauchte Zeit, um sich zu sortieren. Der Brief – dabei handelte es sich um das Kernstück von Hannahs Plan: ein gefaktes Schreiben, angeblich vom

Kärwakiller verfasst, streng nach der Vorlage aus Katinkas Handtasche angefertigt. Gleicher Schrifttyp, ähnlicher Duktus. Der Empfänger musste annehmen, dass der Brief tatsächlich vom Erpresser stammte. Adressiert war die Täuschung ans Grundstücksamt und sollte dort unbemerkt eingeworfen werden. Soweit der Plan, dessen Ziel darin bestanden hätte, den wahren Kärwakiller herauszufordern, der sich um die Früchte seiner Arbeit gebracht fühlen musste.

»Der Brief kann gar nicht weg sein«, sagte Paul.

»Aber ich habe überall nachgesehen. Fehlanzeige.«

Paul fuhr sich mit der Hand durchs Haar. »Ich hatte ihn doch vorgestern noch in der Hand. Nachdem wir ihn vor ein paar Wochen gemeinsam durchgesprochen hatten, habe ich ihn erst mal in meinem Nachttisch verschwinden lassen. Aber auf die Dauer taugte mir das nicht als Versteck. Also habe ich ihn herausgenommen, um ihn dir zurückzugeben und noch mal in Ruhe mit dir über das Ganze zu reden.«

»Und weiter?«

»Zuletzt lag er auf der Anrichte im Flur. Damit ich es nicht vergesse.«

»Wann war das?«

»Vorgestern Abend, wie gesagt. Aber ich bilde mir ein, dass ich ihn dann doch lieber wieder in eine Schublade gelegt habe, damit Katinka ihn nicht sieht.«

»Eure Schubladen habe ich mir alle vorgenommen. Allerhand Interessantes entdeckt, aber nirgends den Brief. – Kann es sein, dass du dir das nur einbildest und er auf der Anrichte liegen geblieben ist?«

»Nein, das kann eigentlich nicht sein. – Oder doch?«

»Weißt du, was das bedeutet?«

Paul sah sie beklommen an. »Womöglich hat Katinka ihn für ein Behördenschreiben gehalten und auf dem Weg in die Stadt eingeschmissen. Sie wird sich nichts dabei gedacht haben. Von außen konnte man ja nicht erkennen, was drinsteckt.«

»Oh je. Wenn es wirklich so gelaufen ist, sind wir am A…«

Auch Paul war nun danach, ein paar große Schlucke Bier zu trinken.

Jetzt hatten sie den Salat! Durch ihre Unvorsichtigkeit hatten sie etwas in Gang gesetzt, das sich nicht mehr so leicht stoppen lassen würde.

Der Plan, an dem Paul ja selbst mitgeschmiedet hatte, sah vor, als Trittbrettfahrer aufzutreten und den Erpresser damit aus der Reserve zu locken. Doch diese Idee lag mehr als einen Monat zurück und war inzwischen überholt. Seit vier Wochen herrschte Frieden, es gab keinen Grund, den Erpresser in dieser Situation zu provozieren. Hätte er den blöden Brief doch bloß nicht so lange aufgehoben, schalt Paul sich selbst.

»Sieht aus, als hätten wir es total verbockt. Was machen wir jetzt?« Er war ratlos.

»Im Zweifelsfall das Beste«, meinte Hannah und schöpfte neuen Mut. »Wenn wir es eh nicht mehr verhindern können, dann lass uns auch den Rest des Planes durchziehen.«

»Das ist doch Wahnsinn!«

»Wir waren uns einig, dass der Erpresser ein Kenner der Szene sein muss. Dass er wahrscheinlich Verbindungen hat, über die er an Informationen aus dem Rathaus kommt. Deshalb wusste er, dass die erste Geldübergabe fingiert war. Und deshalb wird er nun auch erfahren, dass jemand anderes versucht, von seinen kleinen Attentatsversuchen zu profitieren. Damit holen wir ihn aus der Deckung, ganz sicher.«

»Meinst du wirklich?«, fragte Paul. Er trank sein Bier aus. Auf die Roulade, die kurz darauf serviert wurde, hatte er keinen Hunger mehr. Ihm war der Appetit gründlich vergangen.

»Darf ich?«, fragte Hannah und zog den dampfenden Teller auf ihre Seite des Tisches. »Mmmm! Ein Gedicht.«

»Hannah, das kann ganz schnell aus dem Ruder laufen. Bisher ist alles bloß ein Planspiel gewesen, aber jetzt ...«

»Paul«, sagte Hannah nun wieder sehr ernsthaft. »Uns geht es beiden darum, eine Tragödie zu verhindern. Wir müssen dem Kärwakiller zuvorkommen. Durch die dumme Panne mit dem Brief sind wir in Zugzwang geraten, also lass uns das als Wink des Schicksals betrachten und die Sache zu Ende bringen.«

»So ein Quatsch.«

»Erkennst du denn nicht die Chance, die sich uns jetzt bietet? Durch unser Ablenkungsmanöver mit dem falschen Erpresserschreiben stehlen wir dem Kärwakiller nicht nur die Show, sondern vor allem Zeit. Zeit, die er für die Vorbereitung eines weiteren Anschlags bräuchte, aber nun nicht mehr hat. Weil die nächste Geldübergabe nämlich schon heute stattfinden soll.«

Pauls Kinnlade klappte nach unten. »Das hatte ich ja völlig vergessen! Du hast in deinem Brief ein Ultimatum gesetzt ...«

»Richtig. Ich hatte gefordert, dass die halbe Million noch in der gleichen Nacht übergeben werden soll. Hier auf der Kärwa, direkt hinterm Autoscooter. Wenn wir davon ausgehen, dass das Schreiben heute zugestellt wurde, kann unser Plan schon in wenigen Stunden aufgehen.«

»Hannah ...« Paul rang um Worte. »Was soll der Unsinn? Du spielst mit dem Feuer. Das ist völlig verrückt.«

Hannah kratzte die Reste des Essens zusammen. »Wie ich schon einmal gesagt habe: Wer nicht wagt, der nicht gewinnt! Ich wette hundert zu eins, dass unser Mann von der Sache Wind bekommen hat und heute Nacht hier aufkreuzt. Und sei es nur, um seine neue Konkurrenz kennenzulernen. Wir müssen gar nichts tun, sondern können den Rest der Polizei überlassen. Denn die wird unter Garantie in der Nähe sein, wenn der Bote mit dem Geldsack eintrifft.«

»Wenn er denn überhaupt kommt. Und was ist mit uns? Was machen wir in der Zwischenzeit? Zu Hause sitzen und Däumchen drehen?«

»Nein, dazu bin ich viel zu neugierig. Wir suchen uns ein geeignetes Fleckchen in sicherer Entfernung, von wo aus wir alles beobachten können. Um elf machen die hier Schluss, spätestens um Mitternacht werden die letzten Bierleichen ausgekehrt. Danach sind wir am Zug – und der Kärwakiller erscheint hoffentlich auf der Bildfläche.«

»Oje«, war alles, was Paul dazu sagen konnte. Er winkte der Kellnerin, denn was er jetzt dringend brauchte, war noch ein Bier.

Katinka wunderte sich über die Nachricht, die Paul ihr auf dem Küchentisch hinterlassen hatte und in der es hieß, dass er abends unterwegs sei und sie gern ohne ihn essen könne. Dass er eine Lasagne vorbereitet und sie bloß noch den Ofen anzuschalten hatte. Als Füllung zwischen den Nudelblättern habe er Bratwurstgehäck verwendet, die leichte Majorannote schmecke ihr doch so gut. Ebenso wie die Sauercreme, die er der Käseschicht als Topping beigemischt habe.

Ja, das schmeckte ihr wirklich, dachte Katinka und wendete Pauls mit einem Herzchen dekorierte Botschaft zwischen den Fingern. Ohne Frage eine nette Geste ihres Mannes, sie nach einem langen Arbeitstag mit einem fix und fertig vorbereiteten Essen zu überraschen. Wie sie feststellte, hatte er sogar den Tisch gedeckt, wo sie eine weitere Botschaft vorfand: *Guten Appetit* stand da in Schönschrift, darunter ein weiteres Herzchen.

Spätestens jetzt dämmerte ihr, dass etwas nicht stimmte. Da hatte jemand ein schlechtes Gewissen! Unruhig ging sie durch die Wohnung und dachte nach. Wie üblich in solchen Situationen kamen ihr die unmöglichsten Gedanken. Hatte Paul eine Affäre? Unsinn, dann hätte er nicht eine so auffällige Inszenierung gewählt, extra für sie gekocht und ihr Botschaften mit Herzchen hinterlassen. Um sie zu hintergehen, müsste er sich außerdem nicht die Abendstunden aussuchen, sondern könnte sich tagsüber amüsieren, wenn es Katinka nicht mitbekäme. Außerdem wollte sie ihm das ohnehin nicht unterstellen, weil sie ihm in dieser Beziehung vertraute.

Anders als in Sachen Detektivspielen. Heckte er wieder etwas aus? Sie dachte an den gemeinsamen Brunch zurück. An das Gespräch über die Kärwakrise. War Pauls Abwesenheit damit zu erklären, dass er in dieser Angelegenheit unterwegs war – womöglich mal wieder gemeinsam mit Hannah? Ja, dachte Katinka, das musste es sein, die beiden hatten sich wirklich merkwürdig verhalten. Konspirativ. Sie hatten furchtbar geheimnisvoll getan und sich benommen wie zwei erstklassige Verschwörer.

Ihr wurde ganz heiß, als sie über die Konsequenzen nachdachte. Sie suchte nach ihrem Handy, um Paul anzurufen. Doch jemand anderer kam ihr zuvor. Sie hielt den klingelnden Apparat in der Hand und erkannte die Nummer des Anrufers sofort.

Das heißt nichts Gutes, dachte sie und spürte, wie eine böse Vorahnung in ihr aufstieg.

14

Es kostete Paul eine halbe Stunde intensiver Appelle, dazu zwei Desserts und am Ende viele aufbauende Worte, bis er Hannah davon überzeugt hatte, dass es eine Schnapsidee war, den Erpresser auf diese Weise überführen zu wollen.

»Das könnte so was von in die Hose gehen, abgesehen von dem Krach, den es gibt, wenn herauskommt, dass wir zwei es gewesen sind, die hinter diesem Unsinn stecken«, argumentierte Paul, und schließlich knickte Hannah ein.

»Und was tun wir jetzt?«, fragte sie.

»Schadensbegrenzung«, lautete Pauls Antwort. »Wir müssen veranlassen, dass alles abgeblasen wird, ehe hier eine Hundertschaft Polizisten aufmarschiert und wir am Ende die Zeche dafür zahlen müssen.« Paul griff nach seinem Smartphone.

»Wen rufst du an?«

Gute Frage, dachte Paul, während sein Zeigefinger über der Tastatur schwebte. »Jasmin sagte neulich etwas von einem Krisenstab. Das sind die zuständigen Leute.«

»Was willst du denen denn erzählen?« Hannahs Pupillen flitzten unruhig hin und her.

»Die Wahrheit. Noch ist es nicht zu spät, und wir kommen vielleicht mit einem blauen Auge davon.«

»Warum rufst du dann nicht gleich bei Mom an? Die kann das für uns regeln.«

»Das spare ich mir lieber bis zuletzt auf«, sagte Paul, der sich ausmalen konnte, wie Katinka durch die Decke gehen würde.

»Feigling.«

»Meinetwegen nenn mich ruhig so. Ich weiß, dass das ziemlich armselig ist. Aber es kommt jetzt ja auch darauf an, schnell zu sein und gleich diejenigen zu erwischen, die etwas entscheiden können.«

»Also gut: der Krisenstab«, stimmte Hannah zu. »Wer sitzt da drin, und wen von denen können wir jetzt noch erreichen?«

Jasmin, dachte Paul und wählte nach kurzem Zögern ihre Handynummer. Ungeduldig wartete er darauf, dass sie sich melden würde. Doch nach einer Weile sprang bloß die automatische Ansage an.

»Mist«, murmelte Paul, dem einfiel, dass Jasmin freitagabends beim Volleyballtraining war.

»Wer kommt sonst infrage?«

»Bürgermeister, Kripo, vielleicht hat sich auch Kilian Höffkes vom Schaustellerverband in die Runde gedrängt«, ging Paul die möglichen Kandidaten durch.

»An die kommen wir um diese Uhrzeit aber auch nicht ran. Nicht mal an die Kripo, es sei denn, wir wählen den Notruf und lassen uns zum Kriminaldauerdienst verbinden.«

»Die werden uns für Spinner halten und uns nicht glauben.« Er zog in Erwägung, nun doch in den sauren Apfel zu beißen und Katinka mit ins Boot zu holen. Dann kam ihm ein anderer Gedanke: »An wen war der Brief noch mal genau adressiert? Ans Bürgermeisteramt?«

»Nein, ans Grundstücksamt, die sind ja zuständig«, antwortete Hannah und schnippte mit den Fingern. »Hans Hübscher!«, rief sie.

»Was ist mit dem?«

Hannah nestelte an ihrer engen Jeans herum, zerrte ein winziges, perlmuttglänzendes Portemonnaie hervor und entnahm eine gefaltete Visitenkarte mit roter Stadtsilhouette, Hübschers Namen und Kontaktdaten.

»Wo hast du die jetzt her?«, wollte Paul wissen.

»Eingesteckt, als wir bei ihm im Amt waren.«

»Aber der ist doch längst nicht mehr im Büro.«

»Da steht aber auch eine Handynummer drauf.«

»Gut. Dann probieren wir es bei ihm. Möchtest du die Beichte ablegen oder soll ich das übernehmen?«

Hannah zeigte auf Paul, woraufhin er tief durchatmete und die Mobilfunknummer in sein Smartphone tippte.

Die Verbindung kam tatsächlich zustande. Paul entschuldigte sich für die Störung am Feierabend und erkundigte sich, ob er bei Hübscher an der richtigen Adresse sei, wenn es um die Meldung von Störungen des Kärwabetriebs gehe. Hannah rollte in Anbetracht von Pauls umständlichen Erklärungen mit den Augen, doch er ignorierte das und drehte sich von ihr weg.

»Ja, da sind Sie bei mir richtig«, drang Hübschers Stimme etwas blechern durch den Hörer. »Auch um diese Uhrzeit. Das gehört bei meinem Job dazu.«

Erstaunlich, dachte Paul. Er hatte Hübscher als drögen Beamtentyp in Erinnerung. Als jemanden, der Dienst nach Vorschrift fuhr und jede Überstunde tunlichst vermied. So konnte man sich täuschen.

»Was kann ich denn für Sie tun?«

»Es geht um eine Art Streich«, redete Paul um den heißen Brei herum. »Eine Dummheit, um genau zu sein.« Er spürte Hannahs bohrende Blicke in seinem Rücken und erklärte, dass er gemeinsam mit seiner Stieftochter gelegentlich detektivisch tätig sei und sie dabei auch zu ungewöhnlichen Mitteln griffen. Letztes Jahr zum Beispiel hätten sich beide in einem Fürther Unternehmen eingeschleust, um in einer Mordsache zu ermitteln, davor habe er Ähnliches im Tiergarten und sogar einmal im Opernhaus praktiziert.

»Das hört sich ja recht spannend an«, meinte Hübscher, »aber was hat das mit mir und meinem Aufgabenbereich zu tun?«

Paul gab ihm das Stichwort »Kärwakiller« und räumte ein, dass Hannah und er auch hier ihre Hände im Spiel hätten. In diesem Fall habe ihre Taktik anfänglich darin bestanden, einen vorgetäuschten Erpresserbrief zu schreiben und zum Schein Geld zu verlangen. Wovon sie mittlerweile wieder Abstand genommen hätten, doch leider sei der Brief irrtümlich verschickt worden.

»Ist das Ganze noch zu stoppen?«, erkundigte sich Paul mit vager Hoffnung.

Sein Gesprächspartner blieb erstaunlich gelassen. »Es geht um das Schreiben, das uns heute zugestellt wurde?«

»Genau. Richtig, darum geht es.« Paul war erleichtert, offenbar den richtigen Ansprechpartner erwischt zu haben.

»Machen Sie sich deswegen keine Sorgen«, sagte Hübscher. »Nachdem seit Wochen Gerüchte über diesen ominösen Kärwakiller kursieren, sind mehrere Briefe dieser Art eingegangen. Die meisten davon stark abweichend von den Originalen, sodass man von Trittbrettfahrern ausgehen kann. Da wollen wohl einige von der Idee des Erpressers profitieren. Natürlich landet jedes Schreiben bei der Polizei und wird strafrechtlich verfolgt.«

Paul schluckte. »Auch unser Brief?«, fragte er zaghaft.

»Nachdem wir nun darüber gesprochen haben und ich die Hintergründe kenne, will ich Gnade vor Recht ergehen lassen.«

»Bedeutet das, der Brief wurde noch nicht an die Polizei überstellt?«

»Nein, wir haben den Inhalt in kleiner Runde diskutiert und waren der Ansicht, dass es sich um eine wenig originelle Fälschung handelt. Von daher sahen wir keinen Anlass zu übertriebener Eile. Das Schreiben liegt noch bei uns im Amt. Wenn Sie wollen, stecke ich es morgen in den Aktenvernichter.«

»Das würden Sie für uns tun?«

»Für die Kollegin Blohm würde ich das tatsächlich tun«, versuchte sich Hübscher an einer charmanten Bemerkung. »Vielleicht ergibt sich ja mal die Gelegenheit für eine kleine Revanche. Unter Kollegen sollte man sich helfen.«

»Es ist heute Nacht also kein Polizeieinsatz angesetzt?«, vergewisserte sich Paul.

»Nein«, bestätigte Hübscher. »Zumindest keiner, der von uns ausgelöst worden wäre.«

Paul fiel eine zentnerschwere Last von den Schultern. »Danke«, sagte er. »Sie haben etwas gut bei uns, Herr Hübscher.«

»Dann fragen Sie die Kollegin Blohm doch gleich einmal, ob sie mir Tickets fürs nächste große Kulturereignis besorgen kann.« Er lachte gestelzt. »Nein, im Ernst: Machen Sie sich keine Sorgen und vergessen Sie die Sache.«

Endlich entspannte sich auch Hannah. Während sie im Dämmerlicht über die Kärwa bummelten, legte Paul seine Hand auf ihre Schulter und merkte, wie sie langsam locker wurde. Von der fixen Idee, etwas übers Knie brechen zu wollen und einen völlig unausgegorenen Plan zu verfolgen, hatte sie sich endgültig verabschiedet – und Paul war froh darüber.

»Darf ich dich noch zu irgendetwas einladen?«, fragte er sie. »Magst du vielleicht ein paar Lose ziehen? Oder dein Glück an der Schießbude versuchen?«

»Nee, danke. Da gewinnt man doch eh nichts.«

»Wie wäre es ...«, Paul schaute sich um, »... mit einer Runde im Autoscooter?«

Zunächst reagierte Hannah verhalten, doch dann konnte sie nicht widerstehen. »Okay, ich bin dabei!«, rief sie und schlug bei Paul ein.

Sie drängten sich durch die Menge und stellten sich am Kassenhäuschen an. Hier herrschte ein Heidenlärm: Zu den stampfenden Bässen aus großen Lautsprecherboxen kam das Gekreische der Jugendlichen, die ihre Scooter gegeneinander krachen ließen. Darüber blinkten Lichter in schrillen Farben und sprühten die Funken, die die Stromabnehmer der kleinen Flitzer verursachten.

»Da wird einer frei!« Hannah schwang sich in einen metallicgrünen Zweisitzer, gerade rechtzeitig, bevor er von heranstürmenden Kids besetzt werden konnte. Paul stieg weitaus umständlicher ein und brauchte eine gefühlte Ewigkeit, bis er sich den engen Gurt um die Schulter gelegt hatte.

Hannah warf den Chip ein und trat das Gaspedal durch. Paul stemmte sich mit beiden Händen gegen die Armatur, denn Hannah ließ nichts anbrennen. Sie kurbelte am Lenkrad, woraufhin der Scooter wie wild im Kreis fuhr. Dann leitete sie die Gegendrehung ein, hielt auf einen Wagen mit zwei Mädels im Dirndl zu und krachte ihnen in die Flanke.

Hannah strahlte. Doch die Freude über ihren Coup war nur sehr kurz, gleich darauf spürte Paul einen harten Stoß von hinten. Zwei junge Männer hatten es auf sie abgesehen, sich unbemerkt angeschlichen und waren ihnen mit ihrem Scooter reingerauscht. Grinsend leiteten sie ihre Flucht ein.

»Na wartet!«, brüllte ihnen Hannah hinterher und schlug das Steuer ein. Sie ließ den Wagen herumwirbeln und hängte sich an die zwei Jungs. Diese versuchten in einem Knäuel anderer Fahrer unterzutauchen, aber Hannah blieb ihnen auf den Fersen. Durch geschickte Manöver brachte sie ihren Scooter immer dichter an den der beiden heran, drängte ihn in die Ecke ab und rammte ihn frontal. So heftig, dass der andere Wagen einige Zentimeter angehoben wurde, um gleich darauf scheppernd wieder aufzuschlagen. Die Insassen sahen ziemlich verdattert aus.

Lachend setzte Hannah zurück, spähte nach den nächsten Opfern, wurde jedoch ausgebremst: Mit einem Schlag ging der Strom aus. Die Scooter rollten antriebslos weiter, bis sie zum Stillstand kamen.

»Wollen wir noch mal?«, fragte Paul und hielt Hannah einen neuen Chip hin.

»Na klar!« Autoscooterfahren war jetzt genau das, was sie brauchte.

Sie nahm Paul die Plastikmünze ab, hielt sie über den Eingabeschlitz – und stockte.

»Was ist los?« Paul folgte ihrem Blick, der über die Fahrfläche hinweg auf die umstehenden Zuschauer gerichtet war.

»Da drüben: der Typ, der an der verspiegelten Säule lehnt. Siehst du ihn?«

»Wen?« Paul musste zweimal hinsehen, um im wilden Geblinke der Jahrmarktsbeleuchtung überhaupt etwas erkennen zu können. Doch dann wusste er, wen Hannah meinte: Das Gesicht wies eine gewisse Ähnlichkeit zum Bild des Mannes auf, das er Dutzende Male in der Zeitung gesehen hatte, auch wenn das aus der Distanz schwer zu beurteilen war. Gut möglich, dass er es tatsächlich war: der glücklose Brauereibesitzer Erich Grundmann.

»Was macht der denn hier?«, fragte Hannah. »In Ziegelstein wird doch schon lange kein *Grundmann Bräu* mehr ausgeschenkt.«

»Vielleicht ist er privat gekommen«, vermutete Paul. »Will sich amüsieren wie alle anderen auch.«

»Nie im Leben. So einer wie er ist – wenn überhaupt – am Promitisch anzutreffen, der drückt sich doch normalerweise nicht im Halbdunkel an einem Fahrgeschäft herum.«

Da ist was dran, dachte Paul und behielt den Mann im Auge. Zwar war es Grundmanns gutes Recht, auf einer Kärwa zu tun oder zu lassen, was er wollte, trotzdem machte seine Anwesenheit Paul nun ebenso stutzig wie Hannah.

»Und da drüben«, nun nickte sie in eine andere Richtung. »Den kennen wir doch auch, oder?«

Diesmal genügte Paul ein flüchtiger Blick, um Hannahs Entdeckung zu bestätigen. »Oha!«, sagte Paul und sah misstrauisch zum Kassenhäuschen, an dem eine schmale Gestalt im Trenchcoat stand. »Wo Victor Blohfeld aufkreuzt, kann der Ärger nicht weit sein.«

Mit einem elektrischen Schlag stand das metallische Netz über ihren Köpfen wieder unter Strom. Die Wagen um sie herum setzten sich in Bewegung. Doch Hannahs Hand mit dem Chip schwebte noch immer über dem Schlitz.

»Was machen wir?«, fragte Paul. »Zu Blohfeld gehen und fragen, was er hier verloren hat?«

»Nein«, entschied sie. »Erst einmal beobachten wir das Ganze vom Scooter aus. So fallen wir am wenigsten auf.« Mit diesen Worten erweckte sie ihren Wagen zum Leben und steuerte ihn in Richtung der Bande.

Paul machte sich klein, indem er möglichst tief in den Plastikschalensitz rutschte. Doch diese Verrenkungen hätte er sich sparen können, denn weder Blohfeld noch Grundmann schienen sich dafür zu interessieren, was auf der Fahrfläche passierte. Beide taxierten die umstehenden Menschen. Sogar als Hannah ihren Wagen ganz dicht an der Spiegelsäule vorbeigleiten ließ, an der der Brauereibesitzer lehnte, reagierte er nicht auf sie.

»Du kannst aus deiner Deckung auftauchen«, raunte sie Paul zu. »Die sind nicht wegen uns gekommen.«

Doch warum waren die beiden hier? Gab es einen speziellen Grund dafür? Paul trieben diese Fragen so sehr um, dass er von ihrer Fahrt nicht mehr viel mitbekam. Ein paarmal wurden sie von einem Wagen mit kreischenden Teenies touchiert, dann krachte es wieder im Stromnetz und alle Scooter stoppten.

»Was nun?«, fragte Hannah.

Paul sah sie ratlos an. Er hatte keinen Plan.

»Fahrt ihr weiter oder nicht?«, sprach sie ein Halbwüchsiger mit Pickeln auf der Nase an. An der Hand seine süße Freundin.

»Nein, ihr könnt den Wagen haben«, entschied Hannah und schwang sich aus dem engen Gefährt.

Auch Paul wuchtete seinen Körper aus dem tiefen Sitz.

»Wird's denn gehen, alter Mann?«, foppte ihn Hannah.

Der fasste sich ans Kreuz. »Werde du erst mal fünfzig«, gab er zurück.

»Bis dahin ist es gottlob noch ein langer, langer Weg«, konterte Hannah grinsend.

Gleich darauf wurde ihre Miene ernst. Sie nickte in Richtung der Spiegelsäule. Grundmann war verschwunden!

»Verflixt, er ist uns entwischt!«

Hannah sah es weniger pessimistisch als Paul. »Weit kann er in den paar Sekunden nicht gekommen sein. Ich gehe ihn suchen!« Sie stürmte los.

»Ich komme mit!«, rief Paul ihr nach. Doch bevor er den ersten Schritt tun konnte, spürte er eine Hand auf seiner Schulter. Erschrocken fuhr er herum.

»Wohin so eilig?« Es war Blohfeld.

Paul schob die Hand des Reporters beiseite. »Keine Zeit«, blaffte er ihn an und schaute sich nach Hannah um. Zu spät. Sie war längst im Gewimmel der Kärwabesucher untergetaucht.

»Keine Zeit? Nicht mal ein paar Minütchen? Die sollten Sie sich nehmen; was ich zu sagen habe, dürfte Sie brennend interessieren.«

Noch immer hielt Paul nach Hannah Ausschau, konnte aber weder sie noch Grundmann irgendwo entdecken. »Was gibt es denn Wichtiges?«, fragte er, ohne Blohfeld anzusehen. »Und was tun Sie überhaupt hier auf dem Rummelplatz? Als Blaulichtreporter tauchen Sie doch nur an Orten auf, an denen etwas passiert.«

»Was nicht ist, kann ja noch werden«, sagte Blohfeld.

Paul schaute ihn prüfend an. »Wie meinen Sie das?«

»Auch wenn man es uns glauben machen will – es ist nicht vorbei«, raunte Blohfeld im Verschwörerton.

»Sie sprechen in Rätseln.«

»Dann lassen Sie es mich so sagen: Die Erpressungen gehen weiter. Alle Versuche, den Täter zu überführen, sind gescheitert. Inzwischen droht er sogar damit, seine Aktivitäten aufs Volksfest, das Altstadtfest und den Christkindlesmarkt auszuweiten, sollten seine Forderungen nicht erfüllt werden. Der Christkindlesmarkt – ich muss Ihnen nicht sagen, was ein Anschlag in diesem Umfeld bedeuten würde. Andererseits wäre eine Absage eine Kapitulation vor dem Terror.«

»Moment, Moment«, unterbrach ihn Paul. »Wochenlang ist nichts passiert. Alles ist ruhig.«

»Wie gesagt: Der Schein trügt. Polizeitaktik. Man will unter allen Umständen eine Panik vermeiden, deshalb kommt nichts an die Öffentlichkeit.«

»Unsinn, das kann nicht sein! Davon wüsste ich.«

Blohfeld schmunzelte. »Weil Sie glauben, einen heißen Draht zu Staatsanwaltschaft und Polizei zu haben? Zu Ihrer werten Frau Gemahlin und Oberkommissarin Stahl? Dann lassen Sie sich von mir eines Besseren belehren: Das Wichtigste wissen Sie eben *nicht*.«

Paul lächelte. Blohfeld wollte ihn doch nur provozieren. Reizen, bis er sich zu Aussagen hinreißen ließ, die er später bereuen würde. Nichts als Lügen, um Paul aus der Reserve zu locken!

Oder sollte doch etwas dran sein an den Behauptungen des Reporters?

Paul wurde ganz anders bei dieser Vorstellung, er fühlte, wie Wut und Enttäuschung in ihm aufstiegen. Es konnte einfach nicht wahr sein, dass seine eigene Frau und eine seiner engsten Freundinnen ihn seit Wochen hinters Licht führten. Ihn in dem Glauben ließen, dass sich die Sache mit dem Kärwakiller von selbst gelöst und erledigt hätte, während in Wahrheit das genaue Gegenteil der Fall war.

Blohfeld studierte Pauls Gesichtszüge, in denen sich die Zweifel spiegelten. »Stellen Sie es sich als eine Art Verschwörung der Frauen vor«, setzte er nach. »Die Damen Blohm und Stahl halten Informationen zurück, um Störenfriede wie Sie und mich aus dem Spiel zu lassen. Es gilt eine strikte Nachrichtensperre. Selbst in der Stadtverwaltung wissen wohl nur die wenigsten Bescheid.«

»Wenn das so ist, frage ich mich, woher Sie Ihre Erkenntnisse nehmen«, entgegnete Paul. »In Ihrer Zeitung ist jedenfalls keine Silbe darüber zu finden.«

»Weil es bisher nur Gerüchte sind«, erklärte der Reporter. »Ich kann nichts davon verifizieren, kann mich auf keinen Informanten berufen. Trotzdem bin ich mir sicher, dass da im Verborgenen ein ganz großes Ding läuft. Gemeinsam finden wir es raus, da bin ich zuversichtlich, Flemming! Alles, was wir brauchen, sind gesicherte Informationen. Sind Sie dabei?«

»Was erwarten Sie von mir?« Paul trat reflexartig einen Schritt zurück. »Worauf soll das Ganze hinauslaufen?«

»Liegt das nicht auf der Hand? Sie leben mit der leitenden Staatsanwältin in diesem Fall unter einem Dach. Sie kommen an ihre Unterlagen heran ...«

»Vergessen Sie es, Blohfeld! Ich werde mich hüten, die Nase in die Sachen meiner Frau zu stecken.« Er dachte an den Abend zurück, als Hannah sich an Katinkas Aktentasche vergriffen hatte, und schämte sich noch immer dafür.

»Mann, Flemming!« Der Reporter wurde energisch. »Sie werden verarscht! Von der eigenen Frau. Wollen Sie sich das bieten lassen?«

In Paul brodelte es. Sein Misstrauen war angesprungen, er war sauer auf Katinka. Wahrscheinlich hatte sie ihn wirklich die ganze Zeit zum Narren gehalten. Vor allem aber ärgerte er sich über Blohfelds Unverfrorenheit, der genau das ausnutzen wollte. Wenn der Reporter dachte, er könnte Paul vor seinen Karren spannen, hatte er sich getäuscht.

»Lassen Sie mich in Ruhe, Blohfeld«, sagte Paul entschieden. »Wenn Sie recht haben und tatsächlich eine Nachrichtensperre verhängt worden ist, wird es dafür gute Gründe geben. Ich werde mich nicht daran beteiligen, die Polizeiarbeit zu untergraben.«

Ehe Blohfeld etwas erwidern konnte, drehte sich Paul um und ging.

»Flemming!«, rief der Reporter hinter ihm her.

Paul blieb nicht stehen. Den Floh, den Blohfeld ihm ins Ohr gesetzt hatte, war er damit freilich nicht los. Stimmte, was er behauptet hatte? Lief die Sache still und heimlich weiter? Hatte es erneute Versuche des Erpressers gegeben? Neue Gefährdungen der Kärwabesucher? Wie reagierten die Behörden? Würde man sich nun ohne Tricks und Täuschungen auf die Forderungen des Täters einlassen?

Paul drängte sich durchs Getümmel, tauchte ein in die Menge. Es roch nach diversen Parfüms, Bier und Bratwurst. Paul dachte nach. Zuerst musste er Hannah finden. Immer wieder blieb er stehen, stellte sich auf die Zehenspitzen und versuchte ihren Lockenkopf auszumachen. Doch in der Dunkelheit, die nur durch das gelbliche Licht der Verkaufsstände und die bunten Spots von der Festbühne durchbrochen wurde, hatte er schlechte Karten.

Am besten suchte er sich wohl wieder eine Bierbank und wartete, dass Hannah irgendwann daran vorbeikommen würde. Zur Sicherheit wollte er ihr eine Nachricht aufs Handy senden, damit sie wusste, wo er war, und ihn finden konnte.

Er hatte einige Mühe, ein freies Plätzchen zu ergattern. Nachdem er eine Weile suchend im Kreis gelaufen war, erbarmte sich eine schon recht beschwingte Frauengruppe und rutschte zusammen. Paul wurde von den Damen herzlich aufgenommen, stieß mit ihnen an und erfuhr, dass es sich um den Abteilungsausflug eines namhaften Marktforschungsinstituts handelte.

Nach einer halben Stunde schickte Paul eine zweite Nachricht an Hannah. Wie er feststellte, hatte sie nicht einmal die erste gelesen.

Um kurz nach zehn löste sich die Runde auf. Margit, Birgit, Nicole, Kerstin und Tanja, die Paul inzwischen duzte, drückten ihm jede ein Abschiedsküsschen auf die Wange. Er blieb allein zurück und nippte an seinem schal gewordenen

Bier. Auf dem Festgelände lichteten sich langsam die Reihen. Bald waren nur noch vereinzelt Personen unterwegs.

Hannah war nicht unter ihnen.

Wahrscheinlich ist sie längst zu Hause, dachte Paul, gab sein Bierglas ab und ließ sich das Pfand auszahlen. Was sollte schon passiert sein? Er machte sich wieder einmal zu viele Gedanken. Auch für ihn war es an der Zeit zu gehen.

15

»Na, hattet ihr einen schönen Tag?«, begrüßte Katinka ihn schon im Hausflur. Dabei spähte sie über Pauls Schulter. »Wo hast du denn Hannah gelassen? Ihr wart doch zusammen unterwegs, oder?«

Paul legte die Sweatjacke, die er sich übergezogen hatte, beiseite und ging ins Wohnzimmer. »Keine Ahnung«, sagte er, unschlüssig, wie er sich Katinka gegenüber verhalten sollte. Nach dem, was er von Blohfeld erfahren hatte, war er auf seine Frau nicht gerade gut zu sprechen. Wenn es denn stimmte, was der Reporter behauptet hatte, hatte er allen Grund dazu. »Wahrscheinlich ist sie schon in ihre Wohnung gefahren«, sagte er und setzte sich aufs Sofa. Er griff nach der Fernbedienung des Fernsehers. »Wir haben uns aus den Augen verloren.«

Katinka war ihm gefolgt und ließ sich neben ihm nieder. Sie trug eine weite, bequeme Hose und ein ebensolches Shirt. Ihr Wohlfühllook für den Abend. »Wo seid ihr überhaupt gewesen?«, wollte sie wissen. »Habt ja beide ein ziemliches Geheimnis aus dem gemacht, was ihr so vorhabt.«

Paul warf die Fernbedienung aufs Sofakissen neben sich und sah seine Frau vorwurfsvoll an: »›Geheimnis‹! Das musst gerade du sagen!«, platzte es aus ihm heraus.

Sie zuckte zusammen. »Wie? Ich verstehe nicht ...«

Paul gab jede Zurückhaltung auf. Er sagte ihr, wo Hannah und er gewesen waren, schob aber gleich hinterher, was er davon hielt, dass Katinka und Jasmin ihn offenbar seit Wochen hinters Licht führten. »Mit einer klaren Ansage, dass ich mich raushalten soll, wäre ich ja noch klargekommen«, sagte er ärgerlich, »aber nicht mit diesen Lügenmärchen.«

»Ach ja? Mit der Bitte, dich rauszuhalten, hast du dich eben *nicht* abgefunden, Paul. Wir wissen beide, dass du nicht lockerlassen kannst. Jasmin Stahl hast du auch immer wieder bedrängt, dir Interna zu verraten. Uns blieb aus dienstlichen Gründen gar nichts anderes übrig, als dir Wesentliches zu verschweigen.«

»Und mich auszubooten«, brachte es Paul auf den Punkt und sagte bitter: »Schönen Dank auch!«

»Spiel nicht die beleidigte Leberwurst. Wir mussten uns an die Dienstvorschriften halten, du kanntest sowieso schon viel zu viele Details. Was anderes wäre es, wenn ich dir im Privaten etwas vorenthalten hätte, aber das war nicht der Fall«, argumentierte Katinka.

»Dienstlich und privat lässt sich in einem Haushalt wie diesem ja wohl schwer auseinanderhalten«, entgegnete Paul. »Auch Hannah findet, dass ...«

»Apropos Hannah«, fiel Katinka ihm ins Wort. »Hast du denn gar nichts mehr von ihr gehört, nachdem ihr euch bei eurem konspirativen Kärwabesuch aus den Augen verloren habt?«

Paul zuckte die Achseln. »Natürlich hab ich versucht, sie zu erreichen. Aber sie hat dann nicht mehr reagiert. Wahrscheinlich ist sie längst daheim.« Er zog sein Handy heraus und überprüfte, ob Hannah seine beiden Nachrichten inzwischen gelesen hatte.

»Was guckst du so seltsam?«, fragte Katinka und rutschte dichter an ihn heran.

»Merkwürdig«, meinte Paul. »Normalerweise reagiert Hannah sehr schnell auf ihre WhatsApps. Diesmal hat sie sie nicht mal aufgemacht.«

Katinka nahm Paul das Smartphone ab und vergewisserte sich. »Stimmt. Das ist wirklich untypisch für sie.«

»Andererseits …« Paul holte sich sein Handy zurück. »Es war ein langer Abend. Vielleicht war sie so müde, dass sie gleich ins Bett gefallen ist.« Er gähnte. »Ich bin auch ziemlich erledigt.«

»Wo genau habt ihr zwei euch getrennt?«, ließ Katinka nicht locker. »Ich habe irgendwie kein gutes Gefühl bei der Sache.«

Paul stöhnte. »Beim Autoscooter. Wir haben ein paar Runden zusammen gedreht. Davon tut mir jetzt noch der Steiß weh.«

»Und dann?«

»Dann tauchte plötzlich Erich Grundmann auf, du weißt schon, der Brauereibesitzer. Und nahezu gleichzeitig Blohfeld, der mich dort abgepasst hat.«

»Ach ja?«, fragte Katinka und wirkte alarmiert. »Grundmann war also tatsächlich auf der Kärwa in Ziegelstein? Soviel ich weiß, hat er gar keine Konzession, dort Bier auszuschenken.«

»Das haben wir uns eben auch gedacht. Deshalb ist Hannah losgezogen, um zu schauen, was er so treibt.« Als Paul die letzten Minuten mit Hannah Revue passieren ließ, wurde auch ihm allmählich etwas mulmig.

»Und danach hast du sie nicht mehr gesehen?«, hakte Katinka nach.

»Nein«, räumte Paul ein. »Weder sie noch Grundmann.«

Katinka führte die Hand zum Mund und rieb sich übers Kinn. Dann griff sie erneut nach Pauls Handy. »Wir rufen sie an!«

»Was? Jetzt noch? Das wirkt ja wie totale Kontrolle. Hannah ist ein erwachsener Mensch …«

Katinka überging Pauls Bedenken und gab die Nummer ihrer Tochter ein. Sie wartete mit unruhig flatternden Augen. Endlose Sekunden später ließ sie das Smartphone sinken.

»Es springt nur die Voicebox an«, sagte sie besorgt.

»Versuch's noch mal. Vielleicht wird sie vom Klingeln wach«, schlug Paul vor.

Noch zweimal ließ Katinka das Telefon lange läuten. Ohne Erfolg.

»Und jetzt?« Pauls Müdigkeit war wie weggeblasen. »Was sollen wir machen? Abwarten bis morgen früh?«

Katinka schüttelte energisch den Kopf. »Ich würde kein Auge zukriegen. Wir fahren zu ihr. Sofort!«

Ihre kleine Wohnung in St. Johannis hatte Hannah erst kürzlich bezogen, nachdem sie mehrere Monate im Ausland gewesen war. Katinka besaß einen Zweitschlüssel, damit sie nach dem Rechten sehen konnte, wenn ihre Tochter mal länger unterwegs war. Doch bevor sie ihn ins Schloss steckte, probierte sie es mit der Türklingel.

»Sie macht nicht auf«, sprach Paul das Offensichtliche aus.

Inzwischen war es weit nach Mitternacht. Über ihnen funkelte der Sternenhimmel.

»Also gut ...«, sagte Katinka und holte den Schlüssel aus ihrer Handtasche.

Kurz darauf standen sie im Treppenhaus des Altbaus, in dem der Zitronenduft von Putzmitteln, aber auch der Geruch nach muffigem Keller lag. Über knarrende Holzstufen erreichten sie den zweiten Stock.

Abermals probierte es Katinka mit der Klingel. Dann klopfte sie laut an die weiß lackierte Tür. Nichts rührte sich.

Mit zittrigen Händen führte sie den Schlüssel ins Schloss und sperrte auf.

»Hallo?«, rief Katinka in den dunklen Flur. »Hannah? Bist du zu Hause?«

Paul tastete nach dem Lichtschalter. Im Schein einer Deckenleuchte sahen sie, dass die Türen zu beiden Seiten des Ganges geschlossen waren.

Katinka ging voran und schaute zuerst im Schlafzimmer nach. In dem kleinen, fast quadratischen Raum hing zwar ein Hauch von Hannahs Parfüm, das Bett jedoch wirkte unbenutzt. Auch das angrenzende Bad war leer. Ebenso wie Hannahs kombiniertes Wohn- und Arbeitszimmer. In der Küche war sie ebenfalls nicht.

»Sie ist nicht da«, stellte Paul besorgt fest, nachdem sie alles abgesucht hatten. Er bemühte sich um eine Erklärung. »Vielleicht übernachtet sie bei einer Freundin.«

Katinka machte für einen kurzen Moment den Eindruck, als wollte sie sich an diesem Strohhalm festhalten, dann aber brach die Fassade zusammen. Ihr schmaler Körper zuckte, sie begann zu schluchzen, Tränen rannen über ihre Wangen.

Paul, ratlos und überfordert, suchte nach den richtigen Worten. Doch die gab es nicht. Also nahm er seine Frau in die Arme, drückte sie an sich und hielt sie fest.

»Ihr ist etwas passiert.« Katinka klang verzweifelt. »Ich spüre es ganz genau: Hannah ist etwas zugestoßen.«

»Wir setzen alle Hebel in Bewegung, um sie zu finden«, versprach Paul. »Ich werde Jasmin aus dem Bett klingeln. Sie soll Hannahs Handy orten lassen. Und wenn tatsächlich dieser Grundmann verwickelt sein sollte, dann gnade ihm Gott.«

16

Völlig übernächtigt saßen sie in einem Besprechungszimmer des Polizeipräsidiums. Ein typischer kahler Konferenzraum mit flackernden Leuchtröhren an der Decke. An der Wand hing nur ein Stadtplan von Nürnberg, nichts sonst. Durch zwei hoch liegende Fenster fiel das fahle Licht der Morgendämmerung. Vor ihnen auf dem Tisch standen Plastikbecher mit Automatenkaffee, der längst aufgehört hatte zu dampfen. Trotzdem nippte Paul an dem kalten Getränk, er brauchte das Koffein.

Katinkas Augen waren gerötet, ihr Teint blass wie der Tod. Hier zu sitzen und nichts tun zu können setzte ihr sichtlich zu. Paul ging es nicht anders. Doch sie blieben zur Untätigkeit verdammt, denn nun war die Polizei am Zug.

Jasmin, ebenfalls mit Ringen unter den Augen, redete auf sie ein: »Wie gesagt, eigentlich ist es viel zu früh für eine Vermisstensuche. Hannah ist ja noch keine vierundzwanzig Stunden weg. Doch unter diesen besonderen Umständen …«

»Wir sind Ihnen sehr dankbar für das, was Sie für uns tun«, sagte Katinka mit zittriger Stimme.

»Gibt es denn schon etwas Neues?«, fragte Paul und klang wesentlich ungehaltener als seine Frau. »Haben sich deine Leute Grundmann vorgeknöpft?«

»Ich habe gleich nach deinem Anruf eine Streife losgeschickt, aber die Kollegen haben Herrn Grundmann nicht zu Hause angetroffen.«

»Heißt das, dass er nicht daheim war? Oder dass er bloß nicht aufmachen wollte, als die Cops vor der Tür standen.«

»Das kann ich nicht beurteilen. Es gibt keinen Durchsuchungsbefehl. Mehr als Klingeln war also nicht drin. Wir können ja nicht einfach in seine Villa einbrechen.«

Paul schüttelte den Kopf. »Sind deine Kollegen denn wenigstens ums Haus herumgegangen und haben durch die Fenster gesehen?«

»Wir dürfen Privatgrundstücke nur betreten, wenn Gefahr im Verzug ist«, versuchte Jasmin sachlich zu bleiben.

»Zum Teufel, es *ist* Gefahr im Verzug!«, brauste Paul auf.

Wieder war es Katinka, die besonnen blieb. Sie legte ihre Hand auf Pauls Arm. »Lass gut sein, Paul. Gegen Erich Grundmann liegt nichts vor. Auf einen bloßen Verdacht hin kann man nicht in ein Gebäude eindringen. So lauten nun mal die Regeln.«

»Und wenn der Kerl Hannah in seinem Keller eingesperrt hat und sonst was mit ihr veranstaltet?« Paul bereute diesen Satz, kaum dass er ihn ausgesprochen hatte: Prompt sammelten sich wieder Tränen in Katinkas Augen.

»Die Streife bleibt vorerst vor Ort und behält das Anwesen im Auge«, erklärte Jasmin. »Wenn sich etwas tut, geben die Beamten Bescheid. Mehr können wir im Augenblick nicht machen, es sei denn, ihr habt eine Idee, wo wir sonst noch nach Hannah suchen könnten.«

»Was ist mit ihrem Handy?«, fragte Paul. »Die Ortung ...«

»Wir sind dran«, antwortete Jasmin.

»Das kann doch nicht so lange dauern!«

Jasmin holte Luft. Im selben Moment klopfte es, und ein Mann in Uniform steckte seinen Kopf durch die Tür.

»Darf ich kurz stören?«, fragte er.

Jasmin nickte. »Haben Sie etwas für uns?«

»Ja«, sagte der Polizist. »Ich komme wegen des Handys, das wir suchen sollten. Es war ausgeschaltet, daher mussten wir die Ortung über den Chip laufen lassen. Das ist etwas aufwendiger.«

Katinka sprang auf. »Sie haben es also gefunden?«

»Ja«, bestätigte der Uniformierte. »Die Kollegen konnten es ausfindig machen und haben uns den Standort gerade durchgegeben.«

»Wo ist Hannah?«, rief Paul. »Geht es ihr gut?«

Der Polizist senkte den Kopf. »Da habe ich mich wohl missverständlich ausgedrückt. Die Gesuchte haben wir leider nicht gefunden. Nur das Handy. Es lag auf einer Böschung an der B4, etwa auf der Höhe von Boxdorf.«

»W... was?«, stammelte Katinka. Sie begann zu taumeln.

Paul reagierte sofort, stützte sie und redete beschwichtigend auf sie ein: »Das heißt noch gar nichts. Wahrscheinlich gibt es für alles eine harmlose Erklärung.«

Jasmin stellte sich vor den Stadtplan und tippte auf den Stadtteil im Nürnberger Norden. Dann ließ sie den Zeigefinger auf der Karte weit hinuntergleiten.

»Grundmann wohnt in Erlenstegen, also ganz im Osten. Um von Ziegelstein zu seinem Haus zu kommen, benutzt man nicht die Ausfallstraße Richtung Norden. Das tut man nur, wenn man nach Erlangen will. Oder auf die Autobahn.«

»Autobahn«, wiederholte Katinka mit tränenerstickter Stimme. »Wohin hat der Kerl mein kleines Mädchen gebracht? Wohin wurde sie entführt?«

Entführt! Jetzt war es raus, was alle insgeheim vermuteten, dachte Paul und spürte, wie sich ihm die Kehle zuschnürte. Eine schreckliche Vorstellung.

Jasmin ballte die Fäuste. Auch sie konnte die innere Anspannung nicht länger überspielen. »Also gut«, sagte sie entschlossen. »Nach dem Handyfund müssen wir tatsächlich von einer Straftat ausgehen. Ich bemühe mich umgehend um eine richterliche Verfügung, damit wir das Haus von Herrn Grundmann durchsuchen können. Frau Blohm, würden Sie uns dabei unterstützen?«

Katinka, die das Gesicht in ihren Händen vergraben hatte, tauchte langsam wieder auf. »Ja, selbstverständlich«, sagte sie matt.

»Wenn Grundmann mit ihr aber ganz woanders hingefahren ist, nützt uns das wenig«, warf Paul ein, weil er wusste, dass es nur sehr selten einfache Lösungen gab.

»Selbstverständlich werden wir auch nach seinem Wagen fahnden«, sagte Jasmin und führte Katinka zur Tür. »Ich leite alles in die Wege.«

»Und ich?«, fragte Paul, als beide Frauen schon draußen im Flur standen.

»Geh etwas frische Luft schnappen«, empfahl Jasmin. »Vertritt dir die Beine, hol dir was vom Bäcker. Aber nimm dein Handy mit. Wenn was ist, melde ich mich gleich.«

Die Beine vertreten, dachte Paul. Vielleicht war das keine schlechte Idee. Besser als hier herumzuhängen und Löcher in die Luft zu starren. Er schob den Stuhl zurück, der quietschend über den Linoleumboden glitt. Mit einem missbilligenden Blick auf die klägliche Kaffeepfütze griff er nach seinem Becher und warf ihn in den Mülleimer.

Paul verließ das Präsidium und wunderte sich, wie weit der Tag schon vorangeschritten war. Die kräftige Morgensonne heizte dem Weißen Turm ein, aus dessen weit geöffnetem Tor sich die Passagiere aus der U-Bahn auf den Platz ergossen. Beschäftigte auf dem Weg zur Arbeit ebenso wie Schüler und frühe Einkaufsbummler. Er streifte ziellos umher, wich einem geschäftigen Schlipsträger aus und wies einem asiatischen Touristenpärchen den Weg zur Kaiserburg. Er strich an Schaufenstern vorbei und warf einen Blick auf einen Wühltisch mit preisreduzierten Büchern, ohne jedoch wirklich etwas davon wahrzunehmen.

Weit war er nicht gekommen, als sein Telefon klingelte. Hatte Jasmins Fahndung bereits zum Erfolg geführt? Paul merkte, wie sein Herzschlag schneller wurde.

»Herr Flemming?«

Das war nicht Jasmin. Sondern eine fremde Stimme. Die eines Mannes. Seltsam dumpf.

»Äh … – ja.« Paul sah aufs Display: Die Nummer war unterdrückt. »Wer spricht denn da?«

»Das spielt keine Rolle. Nur so viel: Wenn Sie Ihre Tochter wohlbehalten zurückhaben wollen, werden Sie kooperieren. Haben Sie das verstanden?«

Paul fuhr erschrocken zusammen. »Um Himmels willen! Was haben Sie mit Hannah gemacht?« Seine Gedanken überschlugen sich. Woher kannte Grundmann seine Nummer? Und was hatte er vor?

»Sie stellen hier keine Fragen.« Es klang, als hätte der Anrufer einen Strumpf über sein Telefon gezogen. »Hören Sie mir jetzt genau zu: Heute Abend startet ein neuer Versuch, das von mir geforderte Lösegeld zu übergeben.«

»Neuer Versuch? Dann spreche ich mit dem Kärwaerpresser?«

»Ich sagte ›keine Fragen‹! Sonst beende ich das Gespräch unverzüglich.«

»Verstanden.« Paul suchte einen Ort, der weniger frequentiert war. Er stellte sich in den Eingangsbereich eines Modehauses, das noch geschlossen hatte. »Sie werden das Lösegeld an meiner Stelle in Empfang nehmen.«

»Ähm …« Paul hielt sein Smartphone auf Abstand. Was sollte das denn? »Ich verstehe nicht …«, sagte er.

»Halten Sie sich bereit für weitere Instruktionen und sorgen Sie dafür, dass es klappt. Dann bekommen Sie Ihre Tochter zurück.«

»Aber ich ...« Paul versuchte, einen klaren Kopf zu bekommen. »Sagen Sie mir wenigstens, wie es Hannah geht. Ich will ein Lebenszeichen von ihr.«

»Es geht ihr gut. Nach erfolgreicher Geldübergabe bekommen Sie sie wohlbehalten zurück. Wenn Sie allerdings die Polizei einschalten, wird Ihre Tochter das nicht überleben. Haben wir uns verstanden?«

»Ja, haben wir«, sagte Paul und hörte das leise Klicken, mit dem die Verbindung getrennt wurde. Verdammt, dachte er. Was für eine fürchterliche Situation!

Er war benommen, als sich sein Smartphone erneut meldete. »Ja bitte?«, fragte er wie in Trance.

»Paul?« Diesmal war es Jasmin.

»Ja. Was gibt es?«

»Wir haben ihn!«

»Ihr habt wen?« Paul hatte das Gefühl, komplett neben sich zu stehen. Er konnte sich kaum auf Jasmins Worte konzentrieren.

»Erich Grundmann!«, sagte Jasmin. »Eine Streife hat ihn vor zehn Minuten an der Stadtgrenze abgepasst. Er war mit seinem Mercedes unterwegs, angeblich zu einem Meeting. Von Hannah nach wie vor keine Spur. Aber wir werden Grundmann vernehmen. Wenn er etwas weiß, finden wir es heraus! Ich halte dich auf dem Laufenden.«

Paul war nicht fähig, eine Antwort zu geben. Wenn Erich Grundmann gefasst war – mit wem zum Teufel hatte er gerade telefoniert?

17

Paul brauchte Luft zum Durchatmen und etwas Zeit, um sich zu sammeln. Was lief hier gerade ab? Er war verwirrt und hatte den Überblick verloren. Aus einer Erpressergeschichte, an der er bislang bestenfalls am Rande beteiligt gewesen war, entwickelte sich ein handfester Entführungsfall – und Paul war, ohne es zu wollen, zu einem der zentralen Akteure geworden!

Was sollte er tun? Den anderen Bescheid geben? Ihnen klarmachen, dass sie keine Zeit mit Erich Grundmann zu verschwenden brauchten, da der wahre Schuldige noch auf freiem Fuß war? Jasmin dazu veranlassen, den Anruf irgendwie zurückzuverfolgen, falls das technisch möglich war? Sicher hatte der Entführer ein Prepaidhandy verwendet, dumm schien er ja nicht zu sein. Oder erst einmal abwarten, bis sich der Kidnapper wieder meldete?

Bei diesem Gedanken fiel Paul siedend heiß ein, dass er sein Smartphone seit einer Ewigkeit nicht mehr geladen hatte. Ein Blick auf die Akkuanzeige genügte, um zu wissen, dass es höchste Zeit dafür wurde. Wollte er den nächsten Anruf des Entführers nicht verpassen, musste er fix ein Ladekabel und eine Steckdose auftreiben. Er überlegte, ob er dafür nach Hause spurten sollte. Da ihn sein ungeplanter Stadtrundgang jedoch inzwischen fast bis zum Hauptmarkt geführt hatte, war sein Atelier am Weinmarkt die nächstgelegene Adresse.

Mit schnellen Schritten strebte er auf das Wohn- und Bürohaus zu, in dessen Dachgeschoss sein Studio untergebracht war. Kurz vor dem Ziel hörte er eine Stimme, die seinen Namen rief. Als er sich umdrehte, erkannte er Hannes Fink, der gerade aus dem Pfarrhaus kam.

Auch das noch, dachte sich Paul, der den Pfarrer nicht einfach stehen lassen konnte. Also machte er das Beste aus der Situation, zwang sich zu einem Lächeln und hielt sein Handy in die Höhe. »Ich muss dringend meinen Akku laden!«, rief er dem Geistlichen zu und hoffte, damit wäre die Sache erledigt.

Doch Fink ließ ihn nicht so einfach ziehen. »Das kannst du auch bei mir anstecken. Während es lädt, können wir uns ein bisschen unterhalten.«

Paul zog kurz in Erwägung, so zu tun, als hätte er den Vorschlag seines Freundes nicht gehört, und einfach im Flur seines Hauses zu verschwinden. Doch er brachte es nicht übers Herz.

Wenige Minuten später standen sie in der Küche des Pfarrhauses. Fink goss Teewasser auf, Pauls Augen blieben fest auf das Smartphone geheftet, das in griffbereiter Nähe am Kabel hing.

»Du wirkst gestresst«, stellte Fink fest, als er Paul einen Becher hinstellte, aus dem es angenehm aromatisch duftete. »Geradezu gehetzt. Stimmt etwas nicht?«

Paul führte die Tasse zum Mund, doch der Tee war noch zu heiß. Er pustete hinein.

»Erwartest du einen dringenden Anruf?«, forschte Fink weiter.

Paul pustete heftiger. Die warme Luft schlug ihm ins Gesicht.

»Du weißt, dass du vor mir keine Geheimnisse haben musst«, sagte Fink, ohne Paul aus den Augen zu lassen. »Was auch immer dir auf der Seele liegt – du kannst es mir anvertrauen. Ich bin schon von Berufs wegen zur Verschwiegenheit verpflichtet. Außerdem bist du mein Freund.«

»Ich weiß.« Langsam setzte Paul den Becher ab.

»Möchtest du mir sagen, was los ist?«, fragte Fink ohne drängenden Unterton.

Paul überlegte kurz und gab sich dann einen Ruck. Er konnte und wollte es nicht länger für sich behalten – und Fink würde schweigen, das hatte er versprochen. »Hannah wurde entführt«, weihte er den Pfarrer ein.

»Was?« Fink riss die Augen auf. »Wie ist das möglich?«

Paul brachte ihn auf den aktuellen Stand, woraufhin die gesunde Röte im Gesicht des Geistlichen einer papiernen Blässe wich. »Aber das ist noch nicht alles«, deutete Paul an und entschied sich, seinem Freund und Vertrauten auch den Rest der Geschichte zu erzählen.

»Habe ich das richtig verstanden?«, fragte Fink, nachdem er Paul aufmerksam zugehört hatte. »Hannah ist seit gestern Abend verschwunden, und derjenige, der sie in seiner Gewalt hat, setzt dich mit ihrer Entführung unter Druck?«

»Hannah ist sein Faustpfand«, bestätigte Paul. »Durch sie hat er mich in der Hand und kann mich für seine Zwecke einsetzen. Ich soll für ihn die Kohlen aus dem Feuer holen.«

»Wie das?«

»Der Kidnapper ist gleichzeitig der Kärwaerpresser und verlangt, dass ich an seiner Stelle seine Beute abhole: die halbe Million, die er von der Stadt verlangt. Damit vermeidet er für sich jedes Risiko, bei der Übergabe geschnappt zu werden.«

»Ein absolut perfider Plan«, stieß Fink zwischen zusammengebissenen Zähnen hervor. »Was ist das bloß für ein Mensch? Erst die heimtückischen Anschläge auf die Kärwas, nun die Entführung – wie kaltblütig muss man sein, um so etwas zu tun?«

»Was das für ein Mensch ist? Das habe ich mich auch gefragt«, sagte Paul kraftlos. »Ich bin schon die verschiedensten Möglichkeiten durchgegangen. Bei der Suche nach einem Motiv stand Erich Grundmann, der Brauereichef, weit oben auf der Liste, doch der kann es ja definitiv nicht sein.«

»Bist du dir da ganz sicher?«

»Ja. Grundmann befand sich bereits in Polizeigewahrsam, als ich mit dem Erpresser telefonierte. Er kann es also unmöglich gewesen sein. Es sei denn, er arbeitet mit einem Komplizen zusammen, aber das halte ich für abwegig.«

»Also gut. Wer kommt sonst noch infrage?«

»Ein frustrierter Fischbrater, dessen Anträge auf einen Standplatz häufig abgelehnt werden. Oder Klemens Dörfler, ein Wutbürger, der sich gegen Kärwalärm starkmacht. Aber angeblich hat er für die Attentate Alibis. Und warum sollte er Geld erpressen und jemanden entführen, der absolut nichts mit dem Kärwabetrieb zu tun hat?«

»Hast du noch jemanden auf deiner Liste, der dahinterstecken könnte?«, fragte Fink.

»Es muss auf jeden Fall jemand sein, der sich auskennt. Der weiß, wie eine Kärwa läuft und was alles dazugehört. Ein Insider wie zum Beispiel Kilian Höffkes.«

»Der Chef des Schaustellerverbands?«, wunderte sich Fink über diese Idee. »Was sollte er davon haben, sein eigenes Gewerbe in Misskredit zu bringen?«

»Möglicherweise hat er Schulden und sieht darin einen Weg, an Geld zu kommen«, riet Paul ins Blaue.

»Ist er von der Polizei überprüft worden?«

»Nicht, dass ich wüsste. Ich gehe davon aus, dass vorwiegend Leute wie Fischbrater Scheuer beobachtet wurden, die auf den Kärwaplätzen zu Hause sind und sich in irgendeiner

Weise verdächtig gemacht haben. Aber mir ist nichts von irgendwelchen Befragungen oder gar Festnahmen bekannt.«

»Also doch eher einer wie Höffkes. Einer aus der führenden Riege«, folgerte Fink.

»Ich weiß es nicht«, sagte Paul und merkte, wie erschöpft er war. Die schlaflose Nacht steckte ihm in den Knochen. »Mit Spekulationen kommen wir nicht weiter.«

»Aber es ist die einzige Möglichkeit, wir müssen jetzt dranbleiben: Nur wenn es dir gelingt, die Identität des Entführers aufzudecken, hast du eine echte Chance auf einen guten Ausgang. Wenn nicht, ist Hannah in größter Gefahr – denn du kannst diesem Mann nicht trauen.«

»Seine Identität aufdecken?« Paul ließ diese Worte auf sich wirken – und fuhr zusammen, als er merkte, dass sein Telefon zu klingeln begann.

18

Paul spürte, wie ihm der kalte Schweiß auf die Stirn trat.

Entsetzt sah er Fink an. »Und jetzt?«

»Rangehen!«, befahl der Pfarrer.

Auf zittrigen Beinen taumelte Paul zur Steckerleiste und löste sein Smartphone vom Kabel. Er schaute aufs Display und versuchte etwas zu erkennen. Ihm war dermaßen schwindlig, dass er alles nur verschwommen sah.

»Wer ist es?«, wollte Fink wissen. »Wieder eine unterdrückte Nummer?«

»Moment«, sagte Paul und rieb sich die Augen. »Es ist Katinka.« Wieder wandte er sich ratsuchend an den Pfarrer. »Soll ich da jetzt rangehen?«

»Sprich mit ihr!«, riet Fink. »Aber sag ihr nichts von dem anonymen Anrufer. *Noch* nicht.«

Paul nickte und drückte die grüne Taste. »Hallo, Kati?«, meldete er sich und stellte auf Lautsprecher, damit Fink mithören konnte.

»Fehlanzeige«, sagte Katinka ohne jede Begrüßungsfloskel. »Grundmann weiß nichts. Der hat gar nicht verstanden, was wir von ihm wollten. Zur Sicherheit lässt Jasmin seinen Wagen von der KTU untersuchen, dann haben wir die Bestätigung, dass Hannah nicht dringesessen hat. Aber meiner Meinung nach ist das überflüssig.«

»Das hab ich fast schon befürchtet«, sagte Paul mit trockener Kehle. »Es wäre zu einfach gewesen.«

»Aber wer war es dann?«, fragte Katinka und klang verzweifelt. »Wer hat Hannah entführt und warum? Wenn sie überhaupt gekidnappt wurde. Vielleicht hat das Ganze gar nichts mit den Kärwaanschlägen zu tun, und sie ist irgendeinem Triebtäter in die Hände gefallen? Einem, der mit ihr über die Autobahn abgehauen und längst über alle Berge ist? Womöglich im Ausland, wo wir nicht mehr an sie herankommen.«

»Bitte versuch ruhig zu bleiben«, sagte Paul, der selbst um seine Beherrschung kämpfen musste. »Es hat etwas mit der Kärwasache zu tun. Ganz sicher. Alles andere ist unwahrscheinlich.«

»Woher willst du das wissen?« Katinkas Stimme klang schrill. »Du hast doch selbst keine Ahnung! Wir haben nicht die geringste Spur, abgesehen von ihrem Handy an der B4.« Sie schluchzte. »Aber eine Chance gibt es noch«, sagte sie dann, um Fassung ringend. »Der Kärwaerpresser will es noch mal wissen. Für heute Abend hat er die nächste Übergabe festgesetzt. Diesmal schnappen wir ihn. Und wenn er unsere Hannah wirklich hat, dann ...«

»Bitte bleib vorsichtig«, appellierte Paul an sie. »Du darfst nichts riskieren, dieser Kerl ist gerissen. Lass dich auf nichts ein, womit du Hannahs Leben in Gefahr bringen könntest.«

Katinka schwieg. Nach langer Pause sagte sie: »Wir finden einen Weg« und beendete das Gespräch.

Paul fragte sich, ob es ein Fehler war, sie nicht ins Vertrauen zu ziehen. Auf Dauer konnte es ihnen doch nur schaden, sich gegenseitig Informationen vorzuenthalten. Andererseits durfte auch er Hannahs Leben nicht aufs Spiel setzen. Da der Entführer klipp und klar gefordert hatte, dass er die Sache für sich behalten sollte, blieb ihm keine Wahl.

»Was denkst du?«, fragte er Hannes Fink, der seltsam still neben ihm stand.

»Ich denke, dass Katinka soeben einen wichtigen Hinweis geliefert hat.«

»Was meinst du?«

»Sie hat Hannahs Handy erwähnt. Es wurde am Seitenstreifen der B4 gefunden, richtig? Fahrtrichtung Erlangen?«

»Ja, der Zubringer zur Autobahn.«

»Aber auch die Strecke nach Neunhof, Reutles, Tennenlohe und so fort. Wer behauptet denn, der Täter sei auf die A3 gefahren?«

»Niemand«, sagte Paul, dankbar über diesen neuen Gedankenanstoß.

»Wenn ich Kommissar wäre, würde ich die Wohnorte sämtlicher Verdächtigen überprüfen«, meinte Fink. »Also all derjenigen, die zum inneren Zirkel der Kärwabranche zählen. Das muss nicht zwingend zum Erfolg führen, wäre aber ein Ansatz.«

»Gut«, sagte Paul. »Einen Versuch ist es wert. Ich schlage es Katinka vor.« Er wollte eben ihre Nummer wählen, da klingelte sein Handy erneut.

Paul schoss das Blut in den Kopf: Das Display zeigte »Unbekannter Anrufer« an.

»Er ist es«, sagte er nervös.

»Ruhe bewahren.«

Paul nahm das Gespräch an.

Ein leises Atmen. Dann dieselbe dumpfe Stimme, die er wenige Stunden zuvor schon einmal gehört hatte.

»Haben Sie sich an unsere Übereinkunft gehalten?«, fragte der Fremde.

»Ja, natürlich. Was ist mit Hannah?«, platzte es aus Paul heraus. »Ich will sofort ein Lebenszeichen.«

Daraufhin konnte er ein schabendes Geräusch hören. Etwa so, wie wenn Stuhlbeine über den Boden schleifen. Kurz darauf eine Frauenstimme. Hannah! Sie stieß schluchzend ein paar Worte hervor, die Paul nicht verstehen konnte. »Das muss genügen«, meldete sich nun wieder der Entführer. »Wenn Sie Ihre Tochter wiedersehen wollen, dann passen Sie gut auf. Was ich jetzt sage, werde ich nicht wiederholen: Sie fahren heute Abend zu dem Wäldchen hinter Steinach. Die Straße heißt An der Rampe. Am Ende des Wäldchens befindet sich auf der linken Seite ein kleiner Parkplatz. Stellen Sie sicher, dass Sie um 23:40 Uhr dort sind.«

»Ein Wald? Wie soll ich mich dort in der Dunkelheit zurechtfinden, und was …«

»Kommen Sie pünktlich zur Geldübergabe und verlassen Sie anschließend den Wald in Richtung Herboldshof. Dann erhalten Sie weitere Anweisungen.«

»Verstanden.« Paul griff nach dem Stift, den Fink ihm geistesgegenwärtig gereicht hatte, und machte sich Notizen. »Wohin soll ich das Geld bringen?«

»Das erfahren Sie, wenn es so weit ist«, sagte die dumpfe Stimme. Unmittelbar danach wurde die Verbindung getrennt.

»Verflucht!« Paul warf sein Smartphone auf den Tisch. Er war schweißgebadet. »Hast du alles mitbekommen?«, fragte er Fink.

»Wort für Wort.« Der Geistliche bückte sich, um etwas aus einem Schränkchen zu nehmen.

»Was suchst du?«

»Mein iPad. Ich brauche einen Bildschirm in vernünftiger Größe«, erklärte Fink. Er schob die Teetassen beiseite und legte das Tablet zwischen ihnen auf den Tisch. Bei Google Maps gab er den Ortsnamen Steinach ein und ließ sich die Umgebung anzeigen. »Schau einer an«, sagte er und fuhr mit dem Finger über die Karte. »Steinach liegt nur einen Katzensprung von Boxdorf entfernt – und gleich daneben verläuft die B4. Unser Täter hat sich vertrautes Terrain für die Übergabe ausgesucht. Ich fresse einen Besen, wenn er nicht ganz in der Nähe zu Hause ist.«

»Dann sollten wir schleunigst checken, ob Höffkes oder einer der anderen Kärwaplaner in dieser Gegend wohnt«, meinte Paul.

»Solltet ihr, ja«, sagte Fink mit Blick auf die Karte. Er wechselte in den Modus, der das Satellitenbild darstellte und deutete auf eine recht kleine dunkle Fläche: »Das muss das Wäldchen sein, von dem der Entführer gesprochen hat. Eine schmale, kurvige Straße führt mitten hindurch. Wirkt ziemlich unübersichtlich. Vor allem bei Nacht dürfte es schwierig sein, diese Straße zu observieren.«

»Das ist ja wohl Zweck der Übung«, entgegnete Paul.

»Und da ist noch etwas«, bemerkte Fink, der mit dem Finger die Strecke weiter abfuhr. »Um nach der Geldübergabe in Richtung Herboldshof zu fahren, musst du an dieser Stelle einen Bahndamm überqueren: die S-Bahn-Trasse zwischen Fürth und Erlangen. Da ich keine Überführung erkennen kann, muss es dort eine Schranke geben.« Fink kratzte sich am Hinterkopf. »Weshalb geht er dieses Risiko ein? Könnte doch passieren, dass der Übergang geschlossen ist, wenn du mit der Beute türmen sollst.«

Paul dachte an die seltsame Zeitangabe: Er sollte pünktlich um 23.40 Uhr vor Ort sein. Hatte der Erpresser den Bahnverkehr ganz bewusst mit ins Kalkül gezogen?

19

Der *Goldene Ritter* – eigentlich ein Ort zum Schwelgen, Plaudern und Entspannen. Nicht aber, um Probleme zu wälzen. Doch Katinka und Paul waren sich einig, dass sie es in ihrer Wohnung an der Kleinweidenmühle nicht lange aushalten würden. Außerdem mussten sie etwas essen; den Vormittag über hatten sie beide keinen Bissen zu sich genommen.

»Du siehst müde aus«, sagte Paul und strich seiner Frau sanft über die Wange.

»Müde … – wenn das alles wäre.«

Jan-Patrick kannte zwar keine Details, spürte aber, dass seine Freunde unter großer Anspannung standen. Deshalb hielt er sich diesmal dezent zurück, schwang keine großen Reden, legte ihnen lediglich die Mittagskarte vor und notierte ihre Bestellungen. Schon zog er sich wieder zurück.

»Bemerkenswert, wie einfühlsam Jan-Patrick sein kann«, sagte Paul.

Katinka nickte traurig. »Ich glaube, uns ist deutlich anzusehen, wie schlecht es uns geht. Ich habe das Gefühl, ich bin in den letzten Stunden um Jahre gealtert.«

»Mir geht das Ganze auch ziemlich an die Nieren. Aber vielleicht ist in ein paar Stunden alles schon wieder gut.«

Katinka schenkte ihm ein hoffnungsfrohes Lächeln. Doch es verschwand schnell wieder.

Paul war drauf und dran sie einzuweihen. Das Verlangen danach war übermächtig. Doch welche Konsequenzen hätte das? Wüsste Katinka Bescheid, wären die Karten neu gemischt und der Entführer würde höchstwahrscheinlich Wind davon bekommen. Vermutlich würde sie Jasmin und damit die Polizei informieren. Damit wäre Hannahs Leben in Gefahr. Andererseits: Würde Katinka wirklich etwas tun, das Hannah schaden konnte?

Plötzlich kam ihm ein neuer Gedanke. »Die Summe, die der Erpresser haben will: Ist es bei der halben Million geblieben?«, fragte er unvermittelt.

»Erstaunlicherweise ja. Der Täter verfügt über eine große kriminelle Energie, ist aber trotzdem verhältnismäßig bescheiden. Eines von vielen Rätseln in diesem Fall.«

»Bescheiden würde ich das nicht nennen. Eine halbe Million ist eine ganze Menge Geld. Trotzdem wundert es mich, dass er die Spirale nicht weiterdreht. Wie weit seid ihr denn mit der Überprüfung der Verdächtigen?«, fragte er.

»Es gibt keine Verdächtigen. Grundmann war der Einzige, der sich zum Zeitpunkt der Entführung in der Nähe aufgehalten hatte. Du hast ihn doch selbst am Autoscooter gesehen«, lautete Katinkas ernüchternde Antwort.

»Aber ihr glaubt doch auch, dass ein Kenner der Szene dahinterstehen muss. Jemand, der auf den Kärwas quasi zu Hause ist. Sonst bräuchtet ihr ja nicht diese Gedächtniskünstlerin aus München einzusetzen.«

»Richtig, einiges spricht für einen Insider. Der Kidnapper ist bestens im Bilde. Trotzdem kommen wir nicht weiter«, sagte sie bedrückt. »Hans Hübscher ist sehr kooperativ und hat uns Einblick in die Akten des Grundstücksamtes gewährt. Wir kennen mittlerweile die Namen fast aller Schausteller aus der Region, mit denen es irgendwann einmal Probleme gegeben hat. Wir haben so viele Informationen gesammelt, dass der Datenschutzbeauftragte der Stadt die Hände über dem Kopf zusammenschlagen würde, wenn er davon wüsste. Leider ist bislang keine heiße Spur dabei.«

»Zum Teufel, haben wir es denn mit einem Phantom zu tun?«, brauste Paul auf.

Katinka zuckte zusammen. »Sachte, Paul. Reiß dich bitte am Riemen.«

Wieder stand er dicht davor, ihr die ganze Wahrheit zu sagen. Viel fehlte nicht. Doch er nahm sich zusammen und suchte weiter nach einer Lösung: »Wenn alle offensichtlichen Möglichkeiten ausscheiden, müssen wir eben den Kreis erweitern. Wie steht es zum Beispiel mit der Stadtverwaltung selbst? Hältst du es für denkbar, dass einer der Beamten hinter dem ganzen Spuk steckt?«

Man sah Katinka an, dass sie eine solche Möglichkeit bislang nicht in Erwägung gezogen hatte. »Wie kommst du darauf?«

»Ein spontaner Gedanke.«

»Welches Motiv sollte ein Rathausbeschäftigter dafür haben, Angst und Schrecken auf unseren Kärwas zu verbreiten? Denkst du an einen arbeitsscheuen Mitarbeiter aus Hübschers Amt, der sich durch das vorzeitige Ende der Kärwasaison einen Sonderurlaub erhofft?« So, wie Katinka das sagte, klang es weder lustig noch originell. Sie war es offensichtlich leid, im Nebel zu stochern. »Diese Idee bringt uns Hannah ganz bestimmt nicht zurück.«

Also machte Paul einen anderen Vorschlag, indem er Hannes Finks Ansatz aufgriff: »Würde es helfen, den Personenkreis auf diejenigen einzuschränken, die ihren Wohnsitz nördlich von Nürnberg haben? Immerhin wurde Hannahs Handy nahe Boxdorf gefunden …«

»Was nichts heißen muss. Wir wissen ja nicht einmal sicher, ob der Erpresser und Hannahs Entführer ein und dieselbe Person ist«, stellte Katinka fest.

»Nicht muss, aber *kann*. Man sollte nichts unversucht lassen.«

»Das stimmt. Ich frage mich nur, ob uns genügend Zeit

bleibt«, sagte Katinka und blickte auf, als Jan-Patrick mit den Getränken kam.

Sie trennten sich mit der Abmachung, dass Katinka erneut alle beteiligten Personen mit entsprechendem Wohnsitz überprüfen lassen wollte, parallel dazu sollten die Vorbereitungen für die Geldübergabe anlaufen.

»Wirst du bei der Übergabe dabei sein?«, fragte Paul, als sie sich vorm *Goldenen Ritter* verabschiedeten.

»Ich werde das Ganze vom Lagezentrum aus verfolgen«, antwortete Katinka.

Gut so, dachte Paul. Dann würde es ihr nicht auffallen, wenn er sich am späten Abend davonstahl.

»Hoffen wir das Beste«, sagte er und nahm Katinka in den Arm. Er spürte, wie sie vor Anspannung zitterte. Wieder war er ganz dicht davor, ihr alles zu beichten: dass Hannah tatsächlich entführt worden war und sich der Kidnapper bei ihm gemeldet hatte. Aber das Risiko, den Täter zu verärgern und Hannah dadurch zu gefährden, erschien ihm nach wie vor zu groß.

Die Zeit bis zum Abend kroch im Schneckentempo dahin. Paul überlegte, ob er sich ein paar Stunden hinlegen sollte. So könnte er den Schlafmangel zumindest etwas ausgleichen, um in der Nacht dann einigermaßen fit zu sein. Doch er wusste, er würde ohnehin keine Ruhe finden. Immer wieder stellte er sich die Frage, ob er noch etwas tun konnte. In der verbleibenden Zeit weiterrecherchieren, einer der vielen vagen Spuren nachgehen oder aufs Geratewohl den Nürnberger Norden abklappern? Doch zu den Daten der dort wohnenden Schausteller hatte er keinen Zugang, und Katinka durfte ihm nichts übermitteln, selbst wenn er anböte, bei der Ermittlung zu helfen. Welche Quellen konnte er sonst anzapfen? Es lief doch sicher gerade eine Kärwa, auf der er sich umhören konnte. Aber würde ihn das wirklich weiterbringen? Wohl kaum. Es war wie verhext! Es gab nichts zu tun, außer sich zu gedulden. Während er wartete, dass es dunkel wurde, checkte er immer wieder sein Handy für den Fall, dass sich der Erpresser noch einmal meldete. Aber das Smartphone blieb stumm.

Am frühen Abend überprüfte Paul dann seinen Wagen: Der betagte Kangoo zählte nicht gerade zu den zuverlässigsten Vehikeln. Doch als er den Anlasser testete, sprang der Motor sofort an, und der Tank war zu zwei Dritteln gefüllt. Den Weg zum Treffpunkt hatte Paul bereits in sein Handy eingegeben, damit er sich später nicht verfahren konnte.

Auf ein Abendessen verzichtete er. Dafür trank er einen starken Kaffee, der die bleierne Müdigkeit vertreiben sollte, die ihn immer wieder überfiel.

Um kurz vor acht klingelte es. Paul hatte sein Handy sofort zur Hand: »Ja?«, rief er.

»Hören Sie mir genau zu.«

Die dumpfe Männerstimme! Der Erpresser!

»Warten Sie«, sagte Paul. »Ich muss erst sicher sein, dass Hannah wirklich okay ist. Außerdem brauche ich genauere Instruktionen von Ihnen. Sonst weiß ich nicht, wohin ich mit dem Geld kommen soll.«

»Ihrer Tochter geht es weiterhin gut.«

»Kann ich sie sprechen, bitte?«

»Nein! Aber vor der Geldübergabe müssen Sie noch etwas anderes tun.«

»Was denn?«, fragte Paul und hoffte, dass dieser Albtraum bald ein Ende finden würde.

»Ihre Frau informieren.«

»Wie? Ich dachte, ich sollte niemandem etwas verraten.«

»Sagen Sie ihr, dass Hannah in meiner Gewalt ist und dass Sie der Geldbote sind.«

»Jetzt verstehe ich gar nichts mehr.«

»Außerdem muss der GPS-Sender aus der Geldtasche entfernt werden.«

»Aber ...«

»Sollte ich feststellen, dass diese Anweisung nicht befolgt wurde, wird Ihre Tochter sterben.«

»Meine Frau ist an der Übergabe gar nicht direkt beteiligt«, sagte Paul gehetzt. »Sie kommt nicht an die Tasche heran! Was Sie verlangen, ist unmöglich!«

»Dann machen Sie es möglich.«

»Warten Sie, ich ...«

Zu spät. Die Verbindung war unterbrochen.

Paul schaute auf die Uhr. Ihm blieben weniger als drei Stunden. In dieser Zeit musste er Katinka alles erklären und einen Weg finden, den Peilsender verschwinden zu lassen. Und er musste rechtzeitig losfahren, um pünktlich am Treffpunkt zu erscheinen.

Der enge Zeitplan spielt dem Erpresser in die Karten, dachte Paul. So hatten er und Katinka keine Chance, eine andere Lösung zu finden, die in ihrem Sinne war.

Paul versuchte sofort, Katinka telefonisch zu erreichen, doch sie ging nicht ran.

»Verdammt!«

Er hetzte durch die Straßen zum Präsidium. Die ganze Situation erschien ihm völlig abstrus, geradezu aberwitzig. Aus einem vermeintlich einfachen Fall, in den er sich aus purer Neugierde eingemischt hatte, hatte sich ein persönliches Drama für ihn und seine Familie entwickelt. Lange Zeit war er nur Beobachter gewesen, doch dann hatte er mit dem Feuer gespielt – und jetzt stand er mittendrin! Das alles hatte er seiner maßlosen Selbstüberschätzung zu verdanken, schalt er sich. Und seiner verdammten Eitelkeit! Flemming, der cleverste Detektiv der Stadt. Von wegen!

Doch jetzt war nicht die Zeit, die eigenen Wunden zu lecken. Er musste dafür sorgen, dass das, was er angezettelt hatte, nicht zu einem noch größeren Unglück führte. Dafür brauchte er Katinka – und das bedeutete Überzeugungsarbeit.

Ob sie sich auf die neue, mehr als gewagte Forderung des Erpressers einlassen würde? Paul hegte Zweifel, denn er kannte ja Katinkas Loyalität ihrer beruflichen Position gegenüber, die sie über alles stellte.

Er konnte nur darauf hoffen, dass diese Loyalität Grenzen hatte. Nämlich dann, wenn es um das Wohl ihrer Tochter ging.

20

Pauls Deo hatte längst versagt. Er fühlte sich verschwitzt, ausgelaugt, erschöpft. Total am Ende. Doch natürlich zwang er sich dazu, die Anweisungen, die er erhalten hatte, auszuführen. Er musste es tun. Für Hannah. Für Katinka. Aber auch für sich selbst, wenn er sich jemals wieder in die Augen blicken wollte.

Überpünktlich war Paul an der Kleinweidenmühle losgefahren. Dann am monumentalen Schattenriss der Kaiserburg vorbei die Bucherstraße hinauf. Je weiter er sich von der Innenstadt entfernte, desto spärlicher wurde der Verkehr. Nur noch wenige Autos waren um diese Uhrzeit auf der vierspurigen Ausfallstraße unterwegs.

Paul kam an Tankstellen, Supermärkten und Autohäusern vorbei. Auf der rechten Seite sah er die Lichter des Flughafens auftauchen, danach folgten nur noch in der Dunkelheit liegende Felder, über denen zarte Dunstschleier lagen.

Ohne Staus, Lastwagen oder Busse vor sich kam er gut voran. Trotzdem blickte er immer wieder auf die Zeitanzeige seines Smartphones, um sich davon überzeugen, dass er im Plan blieb. Gerade hatte er wieder nach seinem Smartphone gegriffen, als ein anderer Wagen auf der Überholspur neben ihm auftauchte. Zu spät begriff Paul, dass es sich um ein Polizeiauto handelte. Ganz offensichtlich hatten die Beamten bemerkt, dass er beim Fahren sein Handy benutzte. Zwar ließ er es sofort sinken, doch schon blinkte das Blaulicht auf, und die rote Kelle wurde aus dem Fenster gehalten.

»So eine Sch…!« Paul schlug mit der Faust auf das Lenkrad und fuhr rechts ran. Eine Kontrolle hatte ihm gerade noch gefehlt. Doch was sollte er tun? Er konnte den Polizisten wohl kaum die Wahrheit sagen. Am besten würde es sein, wenn er kooperierte und die Sache schnell erledigt wäre.

»Ihre Papiere bitte«, sagte ein altgedienter Beamter mit breitem Gesicht, der an der Fahrerseite auftauchte.

Paul hatte seinen Führerschein schon parat und reichte ihn kommentarlos nach draußen.

»Sie wissen, warum wir Sie angehalten haben?«

»Ja.« Paul setzte ein reumütiges Gesicht auf. Er hob sein Handy hoch und sagte: »Soll nicht wieder vorkommen.«

»Telefonieren am Steuer während der Fahrt ohne Benutzung einer Freisprechanlage kostet Sie hundert Euro und einen Punkt.«

Paul war versucht zu sagen, dass er gar nicht telefoniert, sondern nur nach der Uhr gesehen hatte. Doch er verkniff sich jede weitere Erklärung, um nicht noch mehr Zeit zu verlieren. »Wie soll ich zahlen?«, fragte er. »Bar oder per Überweisung?«

Der Polizist kniff die Augen zusammen. »Sie haben es wohl eilig, ja?« Er hielt die Taschenlampe, deren Strahl bis eben auf den Boden gerichtet war, in den Fahrerraum.

Das grelle Licht blendete Paul. »Muss das sein?«, fragte er.

»Sie sehen müde aus. Haben Sie etwas getrunken oder Drogen konsumiert?«

»Nein«, sagte Paul. »Es sei denn, Sie zählen drei Becher schwarzen Kaffee zu den Drogen.«

Nun leuchtete der Polizist auch auf den Rücksitz des Renaults, wo einige Fotoutensilien wie Blitzlicht und Ersatzobjektive verstreut waren. »Die sollten Sie da nicht offen liegen lassen«, sagte der Uniformierte. »So etwas kann ein Anreiz für Diebe sein, Ihr Auto aufzubrechen.«

»Danke für den Hinweis«, sagte Paul und versuchte freundlich zu bleiben. Er reichte das Geld aus dem Fenster.

Der Polizist zählte es umständlich nach. »Danke. Warten Sie, ich stelle Ihnen eine Quittung aus.«

Zum Teufel mit der Quittung!, dachte Paul, der schon mehr als zehn Minuten vergeudet hatte. Er stand unter höchster Anspannung, während er mit ansehen musste, wie der behäbige Cop in aller Seelenruhe zum Streifenwagen stiefelte, sich hineinsetzte und eine gefühlte Ewigkeit nicht mehr auftauchte.

Fünfzehn Minuten Zeitverlust. Zwar hatte Paul einen Puffer eingeplant, aber eine weitere Verzögerung war definitiv nicht drin.

Endlich hatte der Polizist den Papierkram erledigt und stellte sich wieder an Pauls Wagentür. Er reichte ihm die Quittung, tippte sich an den Schirm seiner Mütze und sagte: »Gute Fahrt. Ich hoffe, Sie haben es nicht mehr weit.«

»Nein, nein«, sagte Paul und ließ den Motor an. »Bloß noch ein kleines Stück.«

Jasmin Stahl war das Szenario wieder und wieder durchgegangen. Sie hatte den Ablauf sorgsam geplant, wobei sie neben dem vorgeschriebenen Verfahren auch zahlreiche abweichende Varianten prüfte. Dennoch blieb ein Unsicherheitsfaktor – denn eine Lösegeldübergabe ließ sich nun einmal nicht nach Lehrbuch durchführen.

Hatte sie wirklich an alles gedacht?, fragte sie sich wieder und wieder, während sie neben ihren Kollegen in einem Gebüsch kauerte und wartete. Die kühle Nachtluft ließ sie frösteln.

In gewisser Weise fühlte sie sich von ihrem Chef alleingelassen. Zwar hatte Hauptkommissar Schnelleisen ihr für die Abwicklung freie Hand gegeben, ihr gleichzeitig jedoch vermittelt, dass er ihr den Einsatz nicht zutraute. Das war nicht gerade ermutigend. Doch irgendwie spornte es sie an, alles richtig zu machen: Heute Nacht musste es unter allen Umständen gut laufen!

Ihr eigenes Team war ausgiebig gebrieft worden. Das Gleiche galt für das MEK, das Mobile Einsatzkommando, das sie angefordert hatte und das sich nun ebenfalls im Umkreis positionierte. Es diente zur Unterstützung in besonderen Einsatzlagen – und diese waren heute Nacht zweifellos gegeben. An Manpower mangelte es also nicht. Allerdings hatten sie mit schlechten Sichtbedingungen und der Unübersichtlichkeit des Geländes zu kämpfen.

Und keiner konnte sagen, ob der Erpresser überhaupt auftauchen oder – wie beim letzten Mal – den Deal wieder platzen lassen würde. Jasmin hätte viel dafür gegeben, die Uhr vorstellen zu können, damit diese Ungewissheit ein Ende hatte.

Paul setzte den Blinker und bog in die Boxdorfer Hauptstraße ein. Als er auf seiner Linken einen verwaisten Festplatz liegen sah, musste er unwillkürlich an die Kärwa denken, die auch hier das wichtigste Fest des Jahres war.

Er verließ den Ort über ein schmales Asphaltband, das sich durch die Felder schlängelte, und erreichte wenig später das Industriegebiet von Bislohe, menschenleer und nur von ein paar Straßenlaternen flankiert. Hohe Zäune und Lagerhallen tauchten im Scheinwerferlicht auf.

Paul steuerte seinen Wagen weiter stur nach Plan, nahm dann die enge Ortsdurchfahrt von Steinach und passierte den finsteren Tunnel, der den Frankenschnellweg unterquerte.

Dahinter kam der Wald, dicht bewachsen mit Laub- und Nadelbäumen. Hier wurde es noch dunkler, Straßenlaternen gab es nicht mehr.

Die Fahrbahn war eng, der Belag schlecht. Paul reduzierte das Tempo. Mit gerade mal zwanzig Stundenkilometern lenkte er sein Auto über die holprige Piste. Immer wieder schaute er dabei nach links und rechts, um vielleicht irgendetwas oder jemanden zu erspähen: versteckte Fahnder – oder den Erpresser selbst?

Das Wäldchen endete so schnell, wie es auf der Bildfläche erschienen war. Paul hielt auf die kleine Schotterfläche an der linken Seite zu, die ihm als Treffpunkt benannt worden war, und ließ den Wagen ausrollen.

Er war am Ziel.

Im Lichtkegel seiner Autoscheinwerfer sah er eine Sport- oder Reisetasche mittlerer Größe. Das musste das Lösegeld sein!

Sein Puls raste, als er die Tür öffnete und einen Fuß auf den Waldboden setzte. Alles, was er jetzt tun musste, war, die Tasche zu holen, sie auf den Beifahrersitz zu stellen und weiterzufahren.

Aber er ahnte, dass es so einfach nicht sein würde. Zwar wirkte alles wie ausgestorben, doch der Eindruck täuschte. Natürlich hielten sich Jasmin und ihre Kollegen ganz in der Nähe auf. Was würde in ihnen vorgehen, wenn sie ausgerechnet Paul hier auftauchen sahen?

Er versuchte, solche Gedanken beiseitezuschieben und sich auf seine Aufgabe zu konzentrieren. Zielgerichtet ging er auf die Tasche zu. Die Strecke, die er dafür zurückzulegen hatte, war nicht besonders lang. Vielleicht fünfzehn Meter. Trotzdem kam sie ihm unendlich lang vor. Angestrengt lauschte er in die nächtliche Stille. Hinter jedem Knistern, das an sein Ohr drang, vermutete er Jasmins Leute, die wahrscheinlich mit Scharfschützengewehren auf ihn zielten.

Doch nichts geschah. Unbehelligt erreichte er die Tasche. Er bekam die Henkel zu fassen und hob sie an. Erstaunlich, dachte er. Eine halbe Million Euro fühlte sich viel leichter an, als er sich das vorgestellt hatte. Was, wenn die Tasche nur Papierschnipsel statt Geldbündel enthielt? Nein, das war nicht denkbar.

Paul drehte sich um. Er musste zurück zum Auto. Nach dem ersten Schritt zögerte er, der GPS-Sender kam ihm wieder in den Sinn. Ob es Katinka gelungen war, ihn aus der Tasche zu entfernen? Eine Bestätigung hatte er nicht von ihr bekommen, dafür hatte die Zeit nicht gereicht. Wenn Katinka es nicht geschafft hatte, wäre alles, was Paul gerade tat, vergebens. Doch er konnte es nicht überprüfen. Er musste darauf vertrauen, dass sie einen Weg gefunden hatte.

Weiter jetzt!, spornte er sich selbst an. Während er die wenigen Meter bis zu seinem Wagen zurücklegte, musste er wieder an seine Beobachter denken. An Jasmin und ihr Team. Wo mochten sie stecken? Warum unternahmen sie nichts? Er beschleunigte seine Schritte. Sein Renault war jetzt zum Greifen nahe. Zwei Meter noch, und er käme an den Türgriff, könnte einsteigen und losfahren.

Dann plötzlich ein Geräusch! Ein Knacken aus dem Unterholz. Paul stockte der Atem. Die Zeit schien stillzustehen, während er regungslos in die Schwärze der Nacht lauschte.

Ein weiteres Knacken. Und eine Bewegung keine drei Meter von ihm entfernt in einem Dornenbusch.

Sein Herz schlug wie wild, und sein Atem stockte, als er ein Gesicht auftauchen sah.

»Jasmin!«, zischte er in die Stille.

»Paul!«, kam es zurück. »Was zum Teufel machst du hier?«

Pauls Blicke glitten auf seine Hand, mit der er fest die Henkel der Geldtasche umklammerte. Die Zeit drängte. Die Vorgaben des Erpressers waren sehr präzise gewesen, er durfte sich nicht aufhalten lassen.

Neben Jasmin tauchten weitere Gestalten auf, die Gesichter geschwärzt. Paul wusste, dass er jetzt handeln musste. In diesen Impuls mischte sich ein weiteres Geräusch, ein Läuten. Gleichzeitig sah er aus den Augenwinkeln ein rotes Licht aufleuchten.

Der Bahnübergang! Nach Pauls Schätzung lag er keine hundert Meter von ihm entfernt. Sicher hatte der Erpresser den Zeitpunkt exakt so geplant, dass es Paul mit der Beute über den Bahndamm schaffen würde, kurz bevor sich die Schranke schloss. Wenn alles glattging ...

»Paul!«, hörte er Jasmin ein weiteres Mal rufen. Offenbar zögerte sie noch, ihre Deckung ganz aufzugeben.

Paul reagierte nicht, er war wie elektrisiert vom Läuten der Schranke. Konnte er den Übergang noch rechtzeitig erreichen, die Schienen kreuzen, bevor der Zug kam? Er musste es versuchen! Für Hannah! Selbst, wenn sie auf ihn schießen würden.

Paul riss die Fahrertür seines Renaults auf, schmiss die Tasche hinein und sprang hinters Steuer. Kieselsteine spritzten auf, als er mit Vollgas zurücksetzte. Ohne einen Blick in den Spiegel zu werfen, raste er vom Parkplatz auf die Straße. Im Scheinwerferlicht tauchten die Oberleitungsmasten der Bahntrasse auf, dann sah er auch das Warnkreuz.

Der Motor heulte, als Paul auf den Übergang zuhielt. In diesem Moment war ihm alles egal. Er wollte nur eines: den Übergang erreichen, ehe es zu spät war.

Paul zwang sein Auto um eine enge Kurve, dann war er da: Das rote Blinklicht war ganz nahe, das Klingeln laut und deutlich zu hören – und die Schranke schon heruntergelassen.

»Verdammt!« Paul trat reflexartig auf die Bremse. Jetzt war alles verloren, er hatte versagt ... und mit seinem Scheitern Hannahs Schicksal besiegelt.

In seiner Verzweiflung bemerkte er erst auf den zweiten Blick, dass er vor einer Halbschrankenanlage stand. Der Balken reichte nicht über die ganze Breite der Fahrbahn, sondern nur bis zur Hälfte. Was als Fluchtweg in der Not vorgesehen war, schien nun Pauls Rettung zu sein. Wenn er den Haltebalken umfuhr, konnte er es doch noch rechtzeitig schaffen! Sollte er es wagen?

Ein dröhnendes Hupen kündigte die Ankunft des Zuges an. Paul sah die drei hellen Lampen des Triebwagens, die schnell auf ihn zukamen. Auch im Rückspiegel tauchten Scheinwerferlichter auf, die rasch größer wurden. Jasmin hatte also die Verfolgung aufgenommen.

Paul gab Gas.

21

Ihr Kopf tat so weh, als müsste er jeden Augenblick platzen. Eine so heftige Migräneattacke hatte sie noch nie gehabt. Lag es am Schlafmangel oder an den fürchterlichen Sorgen, die sie sich machte? Nicht nur um ihre Tochter, sondern nun auch um ihren Mann ...

Katinka saß in einem Nebenraum der Einsatzzentrale und wartete verzweifelt auf einen Lagebericht. Sie hielt sich in einem warmen Raum auf, saß auf einem leidlich bequemen Stuhl, vor sich eine frische Tasse Kaffee. Aber sie pfiff auf den Komfort, denn gedanklich war sie draußen in dem unwirtlichen Wäldchen nahe Vach. Dort, wo die Geldübergabe stattfinden sollte. Dort, wo sich gerade alles entschied.

Sie rieb sich die Stirn. Das schlechte Gewissen lastete auf ihr wie ein bleiernes Gewicht. Denn sie hatte ihr Amt missbraucht, um einem Verbrecher in die Hände zu spielen. Aus Angst um die beiden liebsten Menschen in ihrem Leben war sie weich geworden und hatte gegen ihre heiligsten Prinzipien verstoßen. Sie hatte sich in die polizeiliche Arbeit eingemischt und kraft Amtes die Vorbereitungen auf den nächtlichen Einsatz kontrolliert. Niemand hatte sie daran gehindert, den präparierten Geldsack zu überprüfen. Und niemand hatte mitbekommen, wie sie den kleinen Peilsender entfernt hatte, der die Fahnder später zum Täter hätte führen sollen. Dass ausgerechnet Oberstaatsanwältin Blohm sich gegen die Interessen der Staatsgewalt stellen würde, das konnte ja keiner ahnen.

Sie hatte also leichtes Spiel gehabt – und doch war es ihr unendlich schwergefallen, gegen ihre eigenen Überzeugungen zu handeln. Nun konnte sie nur noch abwarten, wie sich die Sache weiter entwickeln würde.

Eine Frau steckte ihren Kopf durch den Türspalt. Sie trug Zivilkleidung, weshalb Katinka ihren Rang nicht erkennen konnte.

»Darf ich kurz stören?«, fragte sie.

»Sicher«, antwortete Katinka und versuchte sich an einem gefassten Gesichtsausdruck.

»Polizeihauptmeisterin Eva Schönlein«, stellte sie sich vor. »Ich habe mich um die personenbezogenen Daten gekümmert, um die Sie gebeten haben.«

Katinka winkte sie zu sich heran. »Lassen Sie hören: Ist etwas dabei herausgekommen, das uns helfen kann?«

»Die Liste der Schausteller, die uns das Grundstücksamt zur Verfügung gestellt hat, ergab keine Auffälligkeiten. Niemand darunter, der schon straffällig geworden ist.«

»Und die Wohnorte? Gab es da Treffer?«

»Nicht wirklich«, musste Frau Schönlein einräumen. »Es sei denn, man zählt Städte wie Höchstadt an der Aisch dazu, wohin man von Nürnberg aus theoretisch auch über die B4 fahren kann. Ebenso gut geht das jedoch auch in Richtung Fürth und dann über die A73.«

Höchstadt? Viel zu weit draußen, dachte Katinka. Der Täter musste aus der näheren Umgebung stammen, so ihre Vermutung. Er kannte sich in der Region aus, sonst hätte er nicht diesen speziellen Übergabeort gewählt, quasi vor der Nürnberger Haustür.

»Was denken Sie?«, erkundigte sich die Polizistin.

»Bitte suchen Sie weiter. Erweitern Sie den Kreis der zu Überprüfenden.«

»Erweitern? In welche Richtung?«

»In alle Richtungen!«, sagte Katinka schärfer, als es angebracht war. Denn plötzlich war ihr wieder gegenwärtig, was Paul im *Goldenen Ritter* zu ihr gesagt hatte: dass ja auch jemand aus dem Amt hinter all dem stecken könnte. Ein Büromensch. Während ihres Gesprächs im Lokal hatte sie das noch nicht richtig ernst genommen, doch inzwischen war sie zum Umdenken bereit. Sämtliche Optionen mussten jetzt in Betracht gezogen werden! »Machen Sie auch vor der Verwaltung nicht halt«, ordnete sie an. »Ich brauche die Adressen von allen, die in irgendeiner Weise involviert sind. Vom kleinen Grundstücksamtsmitarbeiter bis hin zum Oberbürgermeister.«

»Bis zum Oberbürgermeister?« Eva Schönlein machte große Augen.

»Meinetwegen können Sie den weglassen«, ruderte Katinka zurück. »Aber ansonsten wünsche ich eine lückenlose Überprüfung. Und zwar schnell!«

Die Polizeihauptmeisterin stand stramm. Fast sah es so aus, als wollte sie salutieren. Dann wandte sie sich ab und ging.

Katinka war wieder allein und spürte, wie die Ungewissheit ihr zusetzte. Sie merkte, dass langsam ihre Kräfte schwanden. Am liebsten hätte sie das Weite gesucht. Wäre nach Hause geflüchtet und hätte sich unter ihrer Bettdecke verkrochen. Einfach nur schlafen ... und beim Aufwachen feststellen, dass alles nur ein böser Traum war ...

Sie nippte am Kaffee und fing den Blick eines leitenden Beamten auf, der an der offenen Tür vorbeikam.

»Etwas Neues von der Geldübergabe?«, rief sie ihm zu, darum bemüht, nicht allzu weinerlich und schwach zu wirken. Das war ja normalerweise auch gar nicht ihre Art.

»Tut mir leid, nein«, sagte der Polizeioberrat. »Es gibt Probleme mit der Technik.«

»Inwiefern?« Katinka merkte, wie ihre Augenlider zu flattern begannen. Sie erhob sich von ihrem Stuhl.

»Der Sender. Wir empfangen kein Signal.«

»Ist er ausgefallen?«, fragte Katinka und versuchte, nicht rot zu werden. »Kann das passieren?«

»Normalerweise nicht«, antwortete der Polizist. »Diese Dinger sind sehr robust. Zuverlässig und präzise. Ich kann mir das nicht erklären.«

»Vielleicht liegt es an der Batterie«, sagte Katinka. Sie schämte sich dafür.

»Nein, die Zelle war ganz neu. Die Ursache muss woanders liegen.« Der Beamte rieb sich das Kinn. »Erstaunlich ist vor allem, dass auch der zweite Sender kein Lebenszeichen von sich gibt.«

»Es gibt einen zweiten Sender?« In Katinka stieg Panik auf.

»Selbstverständlich. Wir arbeiten immer mit redundanten Systemen, Frau Oberstaatsanwältin.«

Ihr wurde schwindlig. Sie suchte Halt an der Stuhllehne.

»Ist Ihnen nicht gut, Frau Blohm?«, erkundigte sich der Polizeioberrat besorgt.

»Doch, doch, es geht schon wieder. Nur ein kleiner Schwächeanfall. Ich bin einfach schon viel zu lange auf den Beinen.«

Er nickte verständnisvoll. Doch als er Katinka allein gelassen hatte, entlud sich ihre innere Anspannung. Tränen schossen ihr in die Augen. Eilig nahm sie ein Taschentuch und hielt es sich vors Gesicht.

Hoffentlich würde alles gut gehen. Hoffentlich.

22

Es war schwieriger als gedacht. Paul musste das Lenkrad ganz einschlagen, um die Schranke zu umfahren. Die Frontlichter des Zuges näherten sich mit rasender Geschwindigkeit. Der Stromabnehmer ließ Funken in den Nachthimmel stieben. Obwohl Pauls Scheiben geschlossen waren, dröhnte das Signalhorn in einer Lautstärke, als wäre es nur ein paar Zentimeter von seinem Ohr entfernt.

Jetzt bloß nicht die Nerven verlieren! Paul drückte das Gaspedal durch, die Reifen holperten über den doppelten Schienenstrang. Heftig ruckelten die Vorderräder über die Schwellen, kurz darauf die Hinterräder.

Dann ein gewaltiger Schlag! Es fühlte sich an wie ein Erdbeben, als der Zug an ihm vorbeirauschte und die Druckluft das Auto traf. Der Boden erzitterte, unsanft schüttelte es Paul durch.

Doch er hatte es geschafft. Er atmete hektisch, sein Puls raste wie wild – aber er lebte!

»Schnell Land gewinnen«, murmelte er vor sich hin und fuhr weiter. Ein Blick in den Rückspiegel zeigte ihm, dass es ein Güterzug war. Ein besonders langer noch dazu. Das hieß, Jasmin und ihre Truppe würden nicht so bald hinterherkommen, Paul hatte mit seinem Husarenritt über die Gleise einen Vorsprung herausgeholt. Den musste er jetzt nutzen, um unbehelligt die nächste Etappe zu schaffen. Wahrscheinlich forderte Jasmin sehr bald Hilfe von Fürther Seite an. Wenn sie das nicht ohnehin längst getan hatte ...

Richtung Herboldshof, hatte der Entführer gesagt, mehr nicht. Doch auf dem Weg dorthin würde er die Schienen noch einmal überqueren müssen, die Ortschaft lag wenige Kilometer entfernt auf der anderen Seite des Bahndamms.

Pauls Gedanken überschlugen sich, während er am Bahnhof von Vach vorbeifuhr. Eine Haltestelle für die S-Bahn, zu dieser späten Stunde von niemandem genutzt. Auf den Gleisen ratterte der Güterzug.

Was würde nun kommen? Paul schielte nach seinem Handy, das neben der Geldtasche auf dem Beifahrersitz lag. Doch es blieb stumm. Konzentriert spähte er durch die Frontscheibe, sah das Abbruchgelände einer ehemaligen Fabrik, es folgte ein verrammeltes Vereinsheim, dann wieder Büsche und Bäume. Kurz bevor er den zweiten Bahnübergang erreichte, über den es nach Herboldshof ging, tauchte der schwarze Schatten eines klobigen Gebäudes auf. Ein heruntergekommener Altbau mit schmutzig gelbem Putz, das obere Geschoss mit dunklen Holzlatten verschalt, das Walmdach löchrig, die Fenster gesplittert. Ein altes Stellwerk, wahrscheinlich seit Jahrzehnten außer Betrieb.

Paul wollte gerade vorbeifahren, als ihn etwas blendete. Ein Lichtstrahl! Er kam aus einem der geborstenen Fenster.

Ein Zeichen an ihn?

Katinka war nur noch ein Schatten ihrer selbst. Als sie die Betriebsamkeit in der Einsatzzentrale mitbekam, ließ sie den Schutz ihres Einzelbüros hinter sich und mengte sich unter die Polizeibeamten. Ganz offensichtlich tat sich etwas. Davon zeugten der rege Funkverkehr und die hyperaktive Hektik um sie herum. Ihr war klar, dass augenblicklich niemand Zeit hatte, mit ihr zu sprechen und sie darüber aufzuklären, was gerade vor sich ging. Ob die Geldübergabe erfolgreich verlaufen oder wieder gescheitert war? Ob es Paul gut ging? Ob Hannah wiederaufgetaucht war?

Sie hielt sich zurück, versuchte, aus den Wortfetzen, die über Funk in die Zentrale übertragen wurden, schlau zu werden. Was ihr zumindest teilweise gelang: Offenbar war das Geld tatsächlich abgeholt worden. Allerdings von einem Kurier, mit dem niemand gerechnet hatte. Pauls Name fiel, was für neue Unruhe sorgte.

Einer der Beamten sah sich nach Katinka um. Offenbar wusste er, dass Paul Katinkas Ehemann war. Sie erwiderte seinen Blick mit unbewegter Miene.

Die nächste Nachricht kam herein: Der Kurier sei abgefahren. Weiter auf Fürther Stadtgebiet. Er habe eine Bahnrampe überquert. Ein langsam fahrender Güterzug verhindere die Observierung. Man habe den Boten dadurch verloren.

Dann redete jemand über die versteckten Peilsender, die immer noch nicht funktionierten. Katinka wusste nicht, ob sie sich über diese Nachricht freuen sollte. Denn auch für sie bedeutete das Ungewissheit und Bangen.

Wohin war Paul gefahren? Nervös biss sich Katinka auf die Lippe. Würde es ihm gelingen, Hannah im Austausch gegen das Geld freizubekommen, wie es ausgemacht war? Würde der Erpresser Wort halten?

Eine Frauenstimme erklang dicht neben ihr. Katinka fuhr herum und sah in das Gesicht von Eva Schönlein.

Die Polizeihauptmeisterin hielt einen Zettel in der Hand. »Die erweiterte Suche hat eine Übereinstimmung ergeben.«

Katinka sah sie an, konnte die Anspannung kaum mehr aushalten. »Und?«

»Jemand aus der Verwaltung, wie Sie zuletzt vermutet haben. Sein Wohnort ist Vach.«

»Wie heißt er?«, fragte Katinka aufgewühlt.

Die Polizistin reichte ihr den Zettel. »Lesen Sie selbst.«

Katinka starrte auf den Namen – und spürte, wie ihr das letzte bisschen Farbe aus dem Gesicht wich.

23

Er war hier richtig, begriff Paul und fuhr langsamer. Im Dickicht aus Buschwerk und hohem Gras, das das baufällige Gebäude umgab, entdeckte er eine schmale, überwucherte Einfahrt. Ohne lange nachzudenken, steuerte Paul sein Auto auf das verwilderte Grundstück, stellte es hinter einem windschiefen Bretterzaun ab, griff nach der Tasche und stieg aus.

Er sah sich um. Von der Straße aus war sein Wagen nun nicht mehr zu sehen. Zumindest nicht jetzt, im Schutze der Nacht. Vorsichtig ging Paul auf das Bahnwärterhaus zu, aus dem die Leuchtsignale gekommen waren. Wenige Meter neben ihm polterten noch immer die Waggons des Güterzuges, der hier nur mit Schritttempo fuhr. Vielleicht, weil die Strecke vor ihm nicht frei war und der Lokführer warten musste. Paul konnte das nur recht sein, denn es hielt ihm seine Verfolger vom Leib.

Das Gebäude befand sich in einem noch schlechteren Zustand, als es zunächst gewirkt hatte. Im Näherkommen stellte er fest, wie marode das Mauerwerk war, das unter dem bröckelnden Putz hervortrat. Tiefe Risse durchzogen die Fassade. An einer Stelle klaffte ein großes Loch in der Wand. Obwohl die unteren Fenster und auch der Eingang mit Metallplatten gegen unbefugten Zutritt geschützt waren, hatte Paul keine Zweifel, dass er hineinkommen würde. Und wirklich: Schon ein leichtes Rütteln an einer der provisorischen Abdeckungen reichte aus, um sie zu lösen und beiseitezuschieben.

Mit der Handylampe leuchtete Paul ins Innere der Ruine. Hier bot sich ein ähnliches Bild wie außen. Wind, Wasser und wohl auch ein paar Chaoten hatten für Verwüstungen gesorgt. Tapeten hingen in Fetzen von den Wänden, der Bodenbelag war fleckenübersät und schlug Wellen. Die wenigen Möbel, die die Bahner zurückgelassen hatten, waren in desolatem Zustand.

Weil der Eingang verrammelt war, stieg Paul durch die Fensteröffnung und setzte behutsam einen Fuß auf den Boden. Die mit Linoleum überzogenen Dielen knarrten unter seinem Gewicht. Er suchte nach dem Treppenhaus, denn die Lichtzeichen waren von weiter oben gekommen, wahrscheinlich aus dem ersten Stock. Über knarzende Bodendielen erreichte er den angrenzenden Raum, der ebenso dem Verfall preisgegeben war wie alles andere. Daran schloss sich ein Flur an. Modrig kühle Luft schlug Paul entgegen, als er ihn betrat.

Kurz darauf erfasste der dünne Strahl seiner Lampe den Fuß einer Treppe, die diesen Namen nicht mehr verdiente: Von den zehn oder fünfzehn Stufen, die einst ins höhere Stockwerk geführt hatten, existierte nur noch jede zweite. Und auch die verbliebenen Tritte wirkten morsch und wenig vertrauenerweckend.

Wie mochte der Erpresser nach oben gekommen sein?, fragte sich Paul und fand die Lösung in Form einer Leiter, die seitlich an der verrotteten Treppe lehnte. Sie sah neu aus. Vermutlich hatte der Entführer sie mitgebracht, um gefahrlos sein Versteck erreichen zu können.

Paul steckte sein Handy in den Hosenbund und schlang die Henkel der Geldtasche um seinen Arm, um beide Hände frei zu haben. Dann trat er auf die unterste Sprosse. Die Leiter schien zu halten, er zog den anderen Fuß nach.

Als er oben angekommen war, holte er sofort sein Smartphone wieder heraus und leuchtete in den Raum, der vor ihm lag.

Sein Herz machte einen Hüpfer, als er Hannah erkannte. Sie war an einen Stuhl gefesselt, in ihrem Mund steckte eine Art Knebel, und sie trug noch ihre Sachen von der Kärwa in Ziegelstein. Sie sahen zerschlissen aus und starrten vor Dreck. Auch ihr Gesicht war schmutzig, und sie hatte dunkle Ringe unter den Augen.

Aber sie lebte! Das war die Hauptsache!

Paul ließ den Strahl der Handylampe weiter durch den Raum gleiten. Bis er auf zwei Beine traf. Er richtete das Licht weiter nach oben. Sah den Oberkörper eines Mannes mit Windjacke. Und schließlich das Gesicht.

Paul mochte kaum glauben, mit wem er es zu tun hatte.

Polizeihauptmeisterin Schönlein war es sichtlich peinlich, Katinka zu drängen. Doch es war Gefahr in Verzug, weshalb hierarchische Rücksichten keine Rolle mehr spielten. »Sie werden verlangt«, sagte sie und versuchte der Dringlichkeit Ausdruck zu verleihen, indem sie die Stimme erhob.

Doch Katinka beachtete sie kaum. Zu sehr war sie noch damit beschäftigt, die neueste Enthüllung zu verarbeiten. Hatte sie als Motiv des Täters bisher Vergeltung für ungerechte Behandlung durch die Verwaltung vermutet, musste sie nun komplett umdenken. Jetzt, da der Verantwortliche für den gefährlichen Spuk auf den Kirchweihen einen Namen bekommen hatte, musste sie erkennen, dass sie alle miteinander auf der falschen Fährte gewesen waren. Plötzlich war alles anders – und die Wendung kam zum denkbar ungünstigsten Zeitpunkt.

»Frau Blohm«, blieb die Polizistin hartnäckig. »Sie möchten unverzüglich meine Kollegin Stahl anrufen. Es eilt.«

Endlich tauchte Katinka aus ihrer Gedankenwelt auf. »Frau Stahl?«, fragte sie verunsichert. »Über Funk?«

Die Beamtin schüttelte den Kopf. »Sie hat darum gebeten, dass Sie auf ihrem Handy anrufen. Auf dem privaten Handy.« Man konnte es Eva Schönlein vom Gesicht ablesen, wie sie sich über diese Bitte wunderte, die so sehr von der üblichen Vorgehensweise abwich. »Die Nummer haben Sie?«

Katinka nickte und zog ihr Smartphone aus der Handtasche. Da Polizeihauptmeisterin Schönlein sie unverwandt ansah, drehte sich Katinka von ihr weg und suchte nach einer Nische, in der sie ungestört sprechen konnte. Dann gab sie die Nummer ein.

Jasmin meldete sich sofort: »Was ist da eigentlich im Gange?« Der Ton rau, die Anspannung deutlich zu hören.

Katinka antwortete mit einer Gegenfrage: »Sie wissen von den neuen Ermittlungsergebnissen?«

»Ja, aber ich kann mir keinen Reim darauf machen. Ebenso wenig darauf, warum Paul sich das Lösegeld geschnappt hat und damit getürmt ist. Was soll das alles? Warum tut er das?«, rief sie unbeherrscht. »Und sagen Sie mir jetzt nicht, dass Sie nichts davon wussten!«

Katinka spürte, wie sich ein Kloß in ihrem Hals bildete. Dass Jasmin Stahl eins und eins zusammenzählen würde, hätte ihr von vornherein klar sein müssen. Schließlich kannten sich beide seit mehr als zehn Jahren. Doch nun gab es für Katinka kein Zurück mehr. Sie musste an der gefährlichen Scharade festhalten – zumindest so lange, bis sie Hannah und Paul außer Gefahr wusste.

»Ich frage noch einmal«, kam es drängend durch den Hörer. »Was für einen Plan verfolgen Sie? Haben Sie mit dem Entführer eine Vereinbarung getroffen, von der wir nichts wissen? Stecken Sie etwa auch hinter dem Ausfall unserer Technik?«

Katinka rang um eine Antwort. Sie war Jasmin Stahl eine Erklärung schuldig. Denn damit, dass sie über eine private Leitung sprachen anstatt über Polizeifunk, gewährte die Oberkommissarin ihr einen gewissen Schutz. Zumindest vorläufig würde niemand sonst erfahren, dass Jasmin in Katinka eine Verräterin erkannt hatte.

»Sie haben recht«, gestand Katinka ein. Die Worte kamen ihr nur schwer über die Lippen. Sie fühlte sich schuldig, durch und durch mies. »Wir hatten keine Wahl. Andernfalls hätten wir Hannahs Leben aufs Spiel gesetzt.«

Jasmin nahm die Beichte schweigend zur Kenntnis, bevor sie die berechtigte Frage stellte: »Sind Sie sicher, dass Sie mit Ihrem Alleingang nun nicht sogar zwei Leben aufs Spiel setzen?«

Das war zu viel für Katinka. Das Handy glitt ihr aus der Hand. Dann wurde ihr schwarz vor Augen.

24

»Sie?«, fragte Paul und konnte es nicht fassen. Mit jedem hätte er gerechnet, aber ganz bestimmt nicht mit diesem Mann: Hans Hübscher – der unverbindlich zuvorkommende Herr aus dem Grundstücksamt. Paul war überrascht und schockiert zugleich.

Ein Feuerzeug flammte auf und entzündete den Docht einer Petroleumlampe. »Wie ich sehe, haben Sie das Geld dabei«, sagte Hübscher ungerührt und steckte das Feuerzeug wieder weg.

Paul presste die Tasche an sich. »Machen Sie sie sofort los!«, forderte er Hübscher auf. »Lassen Sie Hannah gehen, dann kriegen Sie Ihre verdammte Kohle.«

»Sachte, sachte.« Hübscher schien die Ruhe in Person zu sein. Der dröge Beamtentyp, den sich Paul bis zu diesem Moment nur als harmlosen Bürokraten vorstellen konnte, ließ sich nicht zur Eile treiben. Daran änderte auch die Tatsache nichts, dass aus der Ferne das Heulen von Martinshörnern bis zu ihnen drang. Wahrscheinlich fühlte er sich sicher, weil er davon ausging, dass die Polizei am alten Stellwerk vorbeifahren würde.

»Bleiben Sie genau dort stehen, wo Sie sind, und werfen Sie mir die Tasche herüber«, ordnete der Erpresser an.

Paul zögerte. Seine Blicke gingen zwischen Hübscher und Hannah hin und her. »Was, wenn ich es nicht tue?«, fragte er, denn er traute dem anderen nicht. »Womit wollen Sie mir jetzt noch drohen?«

Kaum hatte Paul ausgesprochen, begann Hannah zu wimmern. Warum? Er würde sie befreien, daran bestand kein Zweifel. Oder hatte er etwas übersehen?

Mit ausdruckslosem Gesicht trat Hübscher einen Schritt

nach vorne und setzte den Fuß auf eine hervorstehende Bodenschwelle. Kaum dass er sie berührt hatte, gab sie dem Druck nach und brach. Das Holz fiel in die Tiefe und schlug mit lautem Poltern auf.

»Das Haus ist marode durch und durch. Einsturzgefährdet, daher die verrammelten Fenster und Türen. Wenn man nicht genau weiß, wo man hintreten muss, kann es ganz schnell zu Ende sein«, behauptete er.

Ein Bluff oder die Wahrheit? Paul konnte es nicht beurteilen, wollte aber kein Risiko eingehen. »Okay«, sagte er schließlich und holte mit der Tasche in der Hand aus. »Hier haben Sie das Geld. Ich werfe es Ihnen zu. Zählen Sie nach, ob alles stimmt. Und dann lassen Sie uns gehen.«

»Genauso habe ich mir das vorgestellt«, sagte Hübscher zufrieden und ließ so etwas wie ein Lächeln erkennen. »Immer entspannt bleiben, dann passiert niemandem etwas.«

Paul holte noch einmal Schwung, doch bevor er die Tasche losließ, fragte er: »Warum haben Sie das eigentlich getan?«

Hübscher, der seine Hände bereits zum Fangen ausgestreckt hatte, sah ihn verdutzt an. »Getan?«

»Ich wüsste gern Ihre Motive«, sagte Paul, immer noch mit der schwingenden Tasche in der Hand. »Vor allen Dingen, warum Sie nur eine halbe Million verlangt haben? Bei dem Aufwand, den Sie betreiben, hätten Sie mehr rausholen können. Zumal kein Mensch ahnt, dass ausgerechnet Sie hinter dem Ganzen stecken.«

Hübscher war nicht gewillt, diese Unterhaltung zu führen. »Die Tasche!«, rief er streng.

»Erst ein paar Informationen. Das ist nur fair«, beharrte Paul, der immer mehr an Selbstvertrauen gewann. Auch wenn er Hannah damit auf die Folter spannte, wollte er nichts unversucht lassen, um die Hintergründe der Tat zu verstehen und Hübscher festzunageln.

»Also schön: Fünfhunderttausend deshalb, weil sie mir gebühren«, antwortete Hübscher und wirkte verärgert.

»Ich verstehe nicht ...«

»In der Laufbahn, die ich mir ausgerechnet hatte und die mir zugestanden hätte, wäre ich auf diese Mehreinnahmen gekommen.«

»Wie meinen Sie das?«

»Ich bin seit 1987 im öffentlichen Dienst. Habe immer getan, was man von mir verlangt hat. Kaum Krankheitstage, im Gegensatz zu den meisten anderen. Und trotzdem seit 1999 nicht mehr weitergekommen. Seitdem bin ich in derselben Gehaltsstufe hängen geblieben.« Hübscher klang verbittert. Das Leuchten, das Paul vorhin in seinen Augen zu sehen geglaubt hatte, war verglommen.

»Ich glaube es nicht«, sagte Paul kopfschüttelnd. »Das ganze Drama wegen Ihrer Karriere?«

»Eine Karriere, die mir vorenthalten wurde! Dreimal ist die Stelle des Amtsleiters seit den Neunzigerjahren neu besetzt worden, und dreimal hat man mich übergangen. Mit fadenscheinigen Argumenten.«

»Herr Hübscher, Sie wollen mir nicht wirklich weismachen, dass Sie die Anschläge auf den Kärwas verübt und Hannah gekidnappt haben, nur weil Sie nicht befördert worden sind!«

»Haben Sie eine Ahnung, wie schlecht man im öffentlichen Dienst verdient? Wenn Sie nicht in die höheren Tarifgruppen aufsteigen, bleibt Ihnen kaum Luft zum Atmen. Und die Tariferhöhungen, die die Gewerkschaften mit viel Aufwand durchsetzen, gleichen kaum die Inflationsrate aus. Ich bin ausgebeutet worden, und das über Jahrzehnte.«

Paul fiel es schwer, Hübschers Beweggründe nachzuvollziehen. Weil er sich bei Beförderungsrunden übergangen und unterbezahlt fühlte, war er zum Verbrecher geworden? Weil er sich ungerecht behandelt fühlte? Konnte das wirklich der einzige Grund sein?

Aus Hübschers Blick sprachen Verzweiflung und Wut, als er nachlegte: »Ich bin geschieden, muss eine Hypothek abbezahlen. Dazu meine Spielschulden ...«

»Sie hätten einfach kündigen und sich einen anderen Job suchen können. In der freien Wirtschaft hätten Sie mehr verdient, wären vielleicht sogar Chef geworden.«

»Zu spät«, sagte Hübscher. Seine Stimme klang bitter. »Ich bin Mitte fünfzig. Eine bessere Stelle finde ich nicht mehr. Um an das Geld zu kommen, das mir zusteht, gab es nur diesen einen Weg.«

»Sie irren sich!«, rief Paul. »Mit den paar Scheinen kommen Sie nicht weit. Für ein Leben in der Südsee ist es zu wenig. Und hier können Sie es nicht ausgeben – denn man wird Sie jagen.«

»Schon klar«, sagte Hübscher. »Aber darauf kommt es mir nicht mehr an. Inzwischen geht es ums Prinzip.«

Verrückt, dachte Paul. Völlig verrückt. Hübscher hatte in seinem Wahn, sich an seinem Arbeitgeber für die schlechte Behandlung rächen zu müssen, jegliches Augenmaß verloren. Paul sah nur eine Möglichkeit: an den letzten Rest Vernunft bei Hübscher zu appellieren: »Hören Sie, noch ist nichts verloren. Durch Ihre Attacken auf den Kärwas ist niemand ernsthaft zu Schaden gekommen. Und Hannah ist – soweit ich das beurteilen kann – unverletzt und wird sich bald von dem Schrecken erholen. Auch das Geld ist noch da. Wenn Sie sich jetzt stellen, kann das Ganze immer noch glimpflich für Sie ausgehen. Wenige Jahre Gefängnis, und die Sache wäre für Sie erledigt. Dann könnten Sie einen Neuanfang wagen.«

Hübscher ließ Paul aussprechen und schien die Worte auf sich wirken zu lassen. Für einen Augenblick sah es so aus, als würde er aufgeben.

Dann aber schüttelte er energisch den Kopf. »Werfen Sie das Geld herüber! Sofort!«

Katinka wusste, dass es jetzt auf jede Sekunde ankam. Jasmin hatte sie überzeugt: Es wäre fahrlässig, wenn sie ihr Wissen länger zurückhielte. Also gab sie sich einen Ruck, stürmte in die Einsatzzentrale und postierte sich mitten im Raum. Regeln und Weisungsbefugnisse waren ihr gerade völlig egal. Obwohl sie weder Einsatzleiterin noch Mitglied des Stabes war, übernahm sie das Kommando.

»Unser Mann heißt Hans Hübscher, wohnhaft in der Sandbergstraße in Vach!«, sagte sie laut und sorgte dafür, dass wirklich jeder erfuhr, was Polizeihauptmeisterin Schönlein herausgefunden hatte. »Ich möchte, dass ein Team dorthin ausrückt. Die Kräfte vor Ort sollen gleichzeitig das Gelände ums Bahngleis absuchen. Vermutlich hält sich der Gesuchte dort verborgen. Ebenso wie der Geldbote, mein Mann.«

Stille. Ratlose Gesichter.

»Ich kann Ihnen jetzt nicht alles erklären, aber es geht um zwei Menschenleben. Wahrscheinlich befinden sich meine Tochter und mein Mann in den Händen des Kidnappers.«

Die angespannte Ruhe hielt an. Dutzende neugierige, teils skeptische Augen richteten sich auf Katinka.

»Begreifen Sie denn nicht? Wir müssen davon ausgehen, dass Hübscher meinen Mann und meine Tochter in seiner Gewalt hat – und vermutlich hat er das geforderte Geld inzwischen in seinen Besitz gebracht.« Sie drehte sich langsam im Kreis, während sie sprach. Sie wollte, dass alle hörten, was sie zu sagen hatte. »Wenn Hübscher meinen Mann nicht zu seinem Haus, sondern woandershin gelockt hat, wovon ich ausgehe, muss es in der Nähe ein Versteck geben. Einen Unterschlupf. Ist jemandem etwas in der Art bekannt?«

Schweigen.

»Eine alte Fabrikanlage zum Beispiel?«, fragte sie. »Oder eine Werkstatt mit Garagen?«

Endlich eine Reaktion: »Da gibt es doch diese Gewächshäuser, in denen früher Tabak angebaut wurde«, meldete sich ein untersetzter Polizist zu Wort. »Die stehen leer.«

»Sonst noch Ideen?«

»Das alte Stellwerk«, fiel es einer Kollegin ein, die sich im Hintergrund gehalten hatte. »Ein hässlicher Kasten. Eingezäunt, und der Hof völlig überwuchert. Sollte längst abgerissen sein, aber die Bahn hat wohl kein Geld für so was.«

Katinka horchte auf: ein baufälliges Stellwerk, durch einen Zaun gesichert und dank Wildwuchs blickgeschützt. Sie schnippte mit den Fingern. »Das könnte es sein!« Auffordernd sah sie den Gruppenleiter an.

Der verzog den Mund, der plötzliche Autoritätsverlust passte ihm nicht. Doch dann gab er die Order: »Ihr habt es gehört. Alle verfügbaren Kräfte zum alten Stellwerk umleiten, das gilt auch für das MEK!«

Paul hielt den Griff der Tasche noch immer fest umklammert. Was würde passieren, wenn er Hübscher das Geld überließe? Würde der sein Versprechen halten und ihnen einen sicheren Weg hinaus zeigen? Oder würde er allein türmen und Hannah und Paul sich selbst überlassen? Mit der Aussicht darauf, abzustürzen und sich dabei zu verletzen – oder sich das Genick zu brechen.

»Nein!«, sagte Paul und sah Hübscher entschlossen an.

Hübschers Züge verhärteten sich schlagartig. Seine Augen waren nur noch schmale Schlitze. »Wie Sie wollen«, presste er hervor. »Das haben Sie sich selbst zuzuschreiben.«

Er bückte sich. Wie Paul erst jetzt bemerkte, lag zu seinen Füßen ein Strick. Hübscher hob ihn an. Das Seil führte quer über den Boden bis zu dem Stuhl, auf den Hannah gefesselt war.

Gleich würde Hübscher an dem Seil ziehen, Hannah mitsamt dem Stuhl umfallen und die morsche Decke durchbrechen. Sie würde fallen, ohne eine Chance, den Sturz abfangen zu können. Ihr sicherer Tod.

Das durfte nicht passieren! Instinktiv holte Paul erneut aus und schleuderte die Geldtasche von sich. In hohem Bogen flog sie durch das Zimmer, landete aber nicht in Hübschers Armen, sondern schlug dicht neben der Petroleumlampe auf. Die Lampe kippte um, rollte direkt vor Hübschers Füße.

Petroleum lief aus, tränkte den Boden vor dem Erpresser. Hübscher taumelte einige Schritte zurück, aber seine Hose hatte bereits Feuer gefangen. Hektisch trampelte er auf die Flammen, die sich in Windeseile ausbreiteten. Knisternd und fauchend tauchten sie schnell den ganzen Raum in gleißendes Licht.

Hübscher schrie um Hilfe, doch Paul wusste: Zuerst musste er Hannah retten. Geistesgegenwärtig ging er auf alle viere, um sein Gewicht auf eine größere Fläche zu verteilen und nicht durchzubrechen. Vorsichtig robbte er über den Boden.

Während das Feuer prasselnd immer größere Teile des Zimmers erfasste, kämpfte Hübscher um sein Leben. Seine erstickten Schreie drangen in Pauls Ohr. Doch der hatte nur Hannah im Sinn. Nach endlosen Sekunden erreichte er sie, zerrte an den Stricken, die sie am Stuhl festhielten. Zum Glück waren die Knoten nicht besonders fest. Es gelang ihm, die Fesseln zu lösen, dann befreite er sie von dem Knebel.

»Raus hier!«, schrie er. »Krabbel zur Leiter. Schnell!«

»Und du?« Hannah sah ihn angstvoll an.

Paul wandte sich der Feuerwand zu. »Ich helfe Hübscher. Vielleicht kann ich noch was tun.«

Der beißende Qualm machte Paul das Atmen schwer. Dazu die Gluthitze. Binnen kurzer Zeit hatte sich das brennende Petroleum in ein Inferno verwandelt. Hübschers Schreie waren verstummt, und umgeben von dichtem Rauch konnte Paul den Erpresser nicht mehr sehen.

Dennoch wollte er nichts unversucht lassen. Nachdem er sich davon überzeugt hatte, dass Hannah die Leiter sicher erreichen würde, schnappte er sich einen ausgefransten Vorlegeteppich und wickelte ihn um seinen Körper. Mit diesem notdürftigen Schutz näherte er sich dem Feuer.

Er war stark geblendet, konnte fast nichts mehr erkennen und bekam kaum noch Luft. Trotzdem wich er nicht zurück, wagte sich so weit vor, bis er meinte, die Hitze nicht mehr aushalten zu können. Dann fand er ihn: Hübscher lag auf dem Boden. Zusammengekrümmt wie unter Krämpfen. Seine Kleider waren vom Feuer versengt, die Haut rußgeschwärzt. Aber er schien am Leben zu sein.

Paul nahm all seinen Mut zusammen, bückte sich, griff nach Hübschers Beinen und zog daran. Es war, wie auf eine Herdplatte zu fassen. Der Schmerz fuhr ihm durch alle Glieder. Aber Paul machte weiter. Zerrte den hilflosen Mann aus den Flammen und weiter bis zur rettenden Leiter, wo Hannah auf sie wartete. Mit vereinten Kräften wuchteten sie Hübscher hinunter ins Erdgeschoss.

Noch einmal bäumte sich Hübscher auf und flüsterte: »Das Geld! Wo ist das Geld?« Im nächsten Augenblick verlor er wieder das Bewusstsein. Paul fasste nach seinem erschlafften Körper, packte ihn unter den Achseln und hob ihn an. Hannah umfasste die Fußknöchel.

Er hatte die Lücke in der Wand, durch die er eingestiegen war, vor Augen und lotste Hannah in diese Richtung. Die aber tat sich schwer, Hübschers Beine zu halten. Der dichte Qualm verschlug ihr den Atem, immer wieder musste sie husten.

»Komm, weiter!«, rief Paul. »Es ist bloß noch ein kleines Stück!«

Ein lautes Krachen übertönte die letzten beiden Worte. Das Feuer hatte sich durch einen der tragenden Balken gefressen. Ein Teil der Decke gab nach. Glühende Trümmer fielen in die Tiefe. Heißer Staub fegte über sie wie ein Höllenwind.

Paul sah, wie Hannahs Beine einknickten. Wie sie zu Boden sank und sich die Hände vors Gesicht presste. Auch er war mit seinen Kräften am Ende. Bekam kaum noch Luft. Alles drehte sich um ihn, er sah keine Chance mehr, den Ausgang zu erreichen.

Dann ein weiterer Schlag! Ein Zittern erfasste das Haus, als ein Teil der Fassade wegbrach. Wie von Geisterhand tat sich ein großes Loch auf und gab den Blick nach außen frei. Paul richtete sich auf, sah das blaue Blitzen von Rettungsfahrzeugen im Dunkel der Nacht. Polizei, Feuerwehr. Paul begriff: Sie hatten ihnen den Fluchtweg eröffnet!

Gleich darauf griffen helfende Hände nach ihm. Andere kümmerten sich um Hannah und Hübscher.

Sie hatten es geschafft, dachte Paul voller Erleichterung und Dankbarkeit.

Sie waren dem Tod von der Schippe gesprungen.

Epilog

»Können Sie damit überhaupt Messer und Gabel halten?«

Victor Blohfeld taxierte skeptisch Pauls verbundene Hände. Er saß ihm am Erkertisch des *Goldenen Ritters* gegenüber. Auch der Rest der »üblichen Verdächtigen« hatte sich eingefunden.

»Da müssten Sie erst mal den anderen sehen«, entgegnete Paul und bemühte sich zu beweisen, dass er nicht auf Blohfelds Mitleid angewiesen war: Etwas umständlich, aber letztlich erfolgreich nahm er das Besteck zwischen seine bandagierten Finger und blickte den Reporter trotzig an.

Der verzog spöttisch die Mundwinkel und fragte: »Wie geht es Hübscher denn?«

»Das wissen Sie nicht?«, wunderte sich Jasmin. »Ich nahm an, Sie hätten ihn längst in seinem Krankenzimmer besucht und ausgequetscht.«

»Wie denn, wenn ständig einer Ihrer Leute vor der Tür sitzt?«, blaffte Blohfeld sie an.

»Ach ja«, meinte Jasmin und schlug sich demonstrativ mit der flachen Hand vor die Stirn. »Der Verdächtige wird rund um die Uhr bewacht. Wie konnte ich das nur vergessen?«

»Hahaha«, sagte Blohfeld beleidigt.

»Seine Verbrennungen sind ziemlich heftig«, lieferte Paul die Antwort auf Blohfelds Frage. »Auch drei Wochen nach dem verheerenden Brand im alten Stellwerk ist er nicht überm Berg. Aber die Ärzte geben die Hoffnung nicht auf.«

»Der schiere Wahnsinn, was der Typ getan hat«, fand Hannah, die die Strapazen mittlerweile recht gut weggesteckt hatte. »Am Anfang mag das Ganze ja noch einen gewissen Sinn ergeben haben – zumindest aus Hübschers Sicht, mit seiner Erpressung hätte es ja auch fast geklappt. Aber am Ende ist ihm alles völlig entglitten.«

»Mit deiner Entführung hat er es eskalieren lassen«, konstatierte Katinka. »Nur gut, dass er nicht vollends die Nerven verloren hat. Sonst säßest du jetzt wahrscheinlich nicht gesund und munter neben mir.« Sie strich ihrer Tochter zärtlich über die Wange.

»Weiß der Teufel, was Hübscher geritten hat«, meinte Paul. »Aber im Gefängnis hat er ja bald ausreichend Zeit, darüber nachzudenken.«

Pfarrer Hannes Fink räusperte sich. »Dass der Teufel etwas damit zu tun hatte, wage ich zu bezweifeln«, merkte er an. »Irrungen und Wirrungen sind meist menschlicher Natur und nicht das Werk dunkler Mächte.«

»Apropos dunkel: Ein Bier wäre nicht schlecht.« Blohfeld reckte den Hals. »Wo bleibt denn Jan-Patrick mit unseren Getränken?«

»Lieber wäre mir eine Vorspeise«, meinte Hannah. »Ich hab einen Mordsappetit.«

»Auf Jan-Patricks Akrobatik am Herd kann ich gut noch warten«, entgegnete Blohfeld. »Wer weiß, mit was für fragwürdigen Experimenten er heute wieder unsere bodenständige fränkische Küche vermurkst. Womöglich gibt es getrüffeltes Schäufele an Weißburgundersaft, karamellisierte Karpfenflossen oder Lebkuchen im Bierteigmantel?«

»Gar nicht übel!«, meldete sich der Gescholtene zu Wort, der ein voll beladenes Tablett zu ihrem Tisch balancierte. »Ich sollte Sie als neuen Hilfskoch einstellen.«

»Danke, kein Bedarf«, winkte der Reporter ab.

»Was gibt es denn in echt?«, wollte Hannah wissen, die wirklich ausgehungert zu sein schien.

»Mit den Trüffeln liegt Victor gar nicht mal daneben, ich hab noch welche. Wenn du magst, bringe ich dir einen großen Teller hausgemachte Bavette, durch nussige Butter gezogen und bestreut mit frisch gehobeltem fränkischen Sommertrüffel. Alternativ kann ich euch zwei Sorten Fisch im Ganzen anbieten: Rotbarbe und Steinbutt. Oder eine Fischplatte mit einer illustren Auswahl diverser Filets. Gern könnt ihr auch mein neuestes Surf-and-Turf-Angebot versuchen.«

»Was soll das nun wieder sein?«, fragte Blohfeld.

»Gebratenes Rinderfilet, kombiniert mit würzig marinierten fränkischen Flusskrebsen«, erklärte der Küchenchef mit stolz geschwellter Brust, und es war ihm kaum mehr anzumerken, wie geknickt und lustlos er vor noch gar nicht langer Zeit gewesen war.

Paul fragte sich, ob die Sache mit dem zechprellenden Anwalt ausgestanden war. Doch wie gerufen tauchte Dr. Gerstner genau in diesem Augenblick auf! Der Jurist, wie stets im teuren Anzug und mit der ledernen Aktentasche in der Hand, steuerte zielgerichtet einen Tisch in ihrer Nähe an. Er nickte unverbindlich den Gästen links und rechts von sich zu, als ginge er davon aus, dass ihn jedermann kannte, und vertiefte sich sogleich in die Karte.

Kaum hatte auch Jan-Patrick ihn bemerkt, fielen seine bis eben noch vergnügten Gesichtszüge in sich zusammen. »Oh nein ...«, jammerte er leise.

Das ging Paul ans Herz. Er wollte seinen Freund nicht länger leiden sehen und beschloss, die Angelegenheit nun selbst in die Hand zu nehmen. Er hatte auch schon eine Idee, wie er das anstellen würde ...

Zunächst hielt er sich zurück, stieß mit seinen Freunden an und genoss sein Essen: Genau wie Hannah hatte er die Nudeln gewählt, denn es kam selten vor, dass sich italienische Einflüsse in Jan-Patricks Gerichten bemerkbar machten. Die Penne schmeckten ebenso köstlich, wie sie dufteten. Aus dem Augenwinkel beobachtete er, wie auch der Anwalt speiste – er hatte sich für die gemischte Fischplatte entschieden, die laut Karte mit sechsunddreißig Euro zu Buche schlug. Daneben stand eine Karaffe Weißwein, sicherlich ebenfalls nicht der günstigste.

Als er das Besteck aus der Hand legte, war es so weit: Beherzt schob Paul seinen Stuhl zurück. Unter den verwunderten Blicken der anderen durchquerte er den Gastraum, stellte sich an den Tisch des fürstlich dinierenden Anwalts und sprach ihn an: »Guten Tag, Herr Gerstner.«

Dieser schaute von seinem Teller auf, tupfte sich die Mundwinkel mit der Stoffserviette und musterte Paul argwöhnisch. »Ja, bitte?« Die Frage betonte er so, dass es sich anhörte wie: »Sie stören.«

Paul ließ sich nicht beirren und stellte sich vor: »Gestatten, mein Name ist Flemming, Paul Flemming.«

»Flemming? Sind Sie nicht dieser Fotograf?«

»Das ist richtig. Außerdem bin ich, genau wie Sie, ein Stammgast in diesem Lokal – und ein guter Freund des Wirts.«

»So?« Das Misstrauen stand dem Anwalt ins Gesicht geschrieben.

»Ja, deshalb ist es mir ein Bedürfnis, mich bei Ihnen zu bedanken.«

Das Misstrauen wich vorsichtiger Neugierde. »Wofür bedanken?«

»Dafür, dass Sie trotz der bedauerlichen Fehler, die meinem Freund Jan-Patrick in letzter Zeit bei der Zubereitung Ihrer Menüs unterlaufen sind, ihm dennoch die Treue halten und immer wieder kommen. Das ist keine Selbstverständlichkeit und wirklich sehr nett von Ihnen. Es tut mir deshalb umso mehr leid, Ihnen gestehen zu müssen, dass Jan-Patrick auch heute Abend – allen Bemühungen zum Trotz – erneut ein Lapsus passiert ist.« Paul warf einen sorgenvollen Blick auf Gerstners nahezu geleerten Teller. »Es ist ihm mehr als peinlich. So sehr, dass er Ihnen nicht unter die Augen treten mag. Daher hat er mich gebeten, Sie darauf hinzuweisen.«

Gerstner folgte Pauls Blick und beäugte nun selbst kritisch die kärglichen Reste seines Mahls. »Wovon sprechen Sie?«

»Nun ...« Paul legte eine theatralische Pause ein. »Ich darf Ihnen ausrichten, dass Sie heute natürlich nicht zahlen müssen und eingeladen sind. Darüber hinaus möchte ich Ihnen im Auftrag des Wirts noch diese Entschädigung zukommen lassen.« Paul schob einen Hunderter über den Tisch.

Gerstner starrte auf den Geldschein, rührte ihn jedoch nicht an. »Eine Entschädigung? Wofür, um Himmels willen?«

Paul hüstelte in seine Faust. Dann beugte er sich vor und flüsterte dem verstörten Gast etwas ins Ohr.

Der Anwalt ließ die Gabel fallen. »Das ist ein starkes Stück!«, sagte er entsetzt. »Die Einladung und Ihre Entschädigung können Sie sich sonst wohin stecken. Dieses Haus hat mich heute zum letzten Mal gesehen!« Wutentbrannt verließ Gerstner den Tisch, verlangte an der Theke nach der Rechnung und ging.

»O Wunder«, sagte Jan-Patrick, als Paul in die Runde zurückkehrte. »Gerstner hat gezahlt. Wie hast du das denn fertiggebracht?«

»Offenbar kann er seine Spesen nicht mehr so leicht abrechnen wie früher einmal«, raunte Paul seinem Freund zu. »Da er aber wohl nicht bereit war, die Zeche aus eigener Tasche zu bezahlen, hat er eben versucht, dich übers Ohr zu hauen.«

»Mag sein, aber wie hast du ihn umstimmen können?«

Paul blickte Jan-Patrick listig an. »Ich habe ihm einfach erzählt, dass du bei deinen Fischgerichten neuerdings mit dem japanischen Kugelfisch experimentierst, aber noch nicht ganz sicher beim Entfernen der giftigen Teile bist. – Ich glaube, er hat den Wink verstanden.«

Jan-Patricks Kinnlade klappte herunter. Dann fasste er sich und zwinkerte Paul zu: »Kugelfisch. – Eigentlich gar keine schlechte Idee ...«

»Nee, das ist nicht mein Ding!«, wandte sich Katinka angewidert ab. »Dann doch lieber wieder zünftig fränkische Kost.«

»Zünftig fränkisch? Das kannst du haben!«, sagte Paul. »Am Wochenende wäre eine gute Gelegenheit dazu.«

Katinka sah ihn fragend an.

»Na, da ist Bieranstich auf der Kraftshofer Kärwa!«

Beschwingt von der heiteren Atmosphäre und vom begleitenden Wein traten sie hinaus an die frische Luft. Die Gruppe löste sich schnell auf. Zurück blieben nur Paul und Katinka.

Paul legte seinen Arm um ihre Taille, während sie langsam die Straße entlangschlenderten. Er spürte, dass es ihr nicht leichtfiel. Trotz der vordergründigen Heiterkeit und ihrer ehrlichen, tiefen Freude darüber, dass es ihm und Hannah gut ging, haderte sie mit ihrem Schicksal. Ihre Zukunft: ungewiss.

Denn Katinkas berufliches Fehlverhalten hatte Konsequenzen nach sich gezogen: Zwar hatte Jasmin noch versucht, das Ganze unter den Teppich zu kehren, doch da war die Katze bereits aus dem Sack: Katinka hatte einen polizeilichen Einsatz sabotiert und dabei ihr Amt missbraucht. Daraufhin war eine Untersuchung eingeleitet worden. Momentan lief ein Disziplinarverfahren gegen sie – Ausgang offen.

Vorerst blieb Katinka vom Dienst suspendiert, und Paul wusste sehr wohl, was das für seine Frau bedeutete: Katinka war Staatsanwältin mit Leib und Seele, sie ging in ihrem Beruf auf. Ihr Lebensziel, es einmal zur Generalstaatsanwältin zu bringen, war nun akut gefährdet.

Paul fühlte sich mitverantwortlich für diese Situation. Er musste sich fragen, ob er die Verbrecherjagd künftig nicht lieber sein ließ und sich von allem fernhielt, was auch nur ansatzweise verdächtig erschien.

Vielleicht sollte er sich stattdessen auf seine Wurzeln besinnen und sich wieder aufs Fotografieren konzentrieren. So hatte schließlich alles angefangen, vor fünfzehn Jahren, als er auf dem Nürnberger Christkindlesmarkt Bilder für den Tourismusverband geschossen hatte und in seinen ersten Mordfall verwickelt worden war. Lange war das her, sehr lange. ...

Ja, sann Paul nach, womöglich hatte er nun den Punkt erreicht, an dem es besser war aufzuhören.

Die Finger vom Ermitteln zu lassen.

Ein für alle Mal.

»Hast du eigentlich schon mal ernsthaft über ein eigenes Büro nachgedacht?«

Katinkas Frage riss ihn aus seiner Gedankenwelt.

»Büro? Was für ein Büro?«, fragte Paul.

Katinka blickte ihn verschmitzt an: »Na, ein Detektivbüro! Wir haben darüber doch schon einmal gesprochen. Ich finde, es ist an der Zeit, dass du das Fotografieren an den Nagel hängst und dich auf deine eigentliche Stärke konzentrierst. Jetzt wäre die Gelegenheit dazu. Ich habe gerade ja nichts Besseres zu tun und könnte helfen, die Formalitäten zu erledigen und eine geeignete Lokalität zu finden.«

Paul war bass erstaunt. Ungläubig sah er Katinka in die Augen und versuchte, darin zu lesen. Dann zog er sie stürmisch an sich und hielt sie fest umarmt.

Danke

Mein Dank für die tolle Unterstützung meiner Arbeit geht an meine Frau Susanna, meine Eltern Peter und Dietlind Beinßen und die ganze Familie! Mit Rat und Tat zur Seite standen mir diesmal wieder Dr. Uwe Meier, Sabine Gräwe und Werner Hellwig sowie Oliver Grill, der mich in bewährter Weise bei Polizeithemen beriet. Astrid Seichter danke ich für ihre Informationen über die Sebalduskirche. Andreas Hock danke ich dafür, dass er mich mit den Besonderheiten der Ziegelsteiner Kärwa vertraut machte.

Meiner Lektorin Dr. Felicitas Igel bin ich sehr dankbar dafür, dass sie so viel Zeit, Mühe und gute Ideen in Paul Flemmings neuen Fall gesteckt hat.

Mehr über meine Bücher und Führungen an die Tatorte unter janbeinssen.de